JN209873

BIRTH SCRAP

シライケイタ

論創社

目次

BIRTH

『BIRTH』上演に寄せて

〈公演パンフレットより〉

シライケイタ

温泉ドラゴン第二回公演　2011年2月22日〜27日　SPACE雑遊

旗揚げ公演の時、大久保の赤提灯で竜一とホッピー飲みながら「俺が本を書くよ」と言ったのも、今回、新大久保の立ち飲み屋で「また書くよ。演出も？　おう、やるよ」と言ったのも、完全に酔った勢いだった。この日から数か月間、俺は激しく後悔することになる。だってそもそも作家でもなんでもないのだ。自分の書きたいことなんてありゃしない。白紙のワードの画面を何日も見続ける苦痛に耐えきれず、刷り上がったチラシの四人の男たちを一晩中眺めてた。「こいつら、なんか喋り出さねぇかなぁ」と。そしたら明け方、突然喋り出した。チラシの篤が。「おー、そうかそうか。お前が最初に喋りたいんだな」となったわけだ。それからも、困るとチラシを眺めては誰かが喋り出すのを待っていた。時には幸太郎が、時にはにわ君が、俺にヒントをくれ続けた。

今、チラシは喋らない。

でも、チラシを飛び出した四人の男たちが、俺の目の前で暴れまわっている。これは、ちょっとやっぱり感動的だ。こいつら不思議なことに、自分たちが紡ぎ出したはずなのに、なかなか台詞を覚えられない、愛すべき四人の男たちだ。

温泉ドラゴン第四回公演「ＢＩＲＴＨ」×「ＥＳＣＡＰＥ」二本立て興業
２０１２年８月15日〜26日　Space 早稲田

初演の「ＢＩＲＴＨ」の打ち上げの席で、誰ともなく「またやりたいな」なんて話になった。それが一年半後に実現するとは、思ってもみなかった。「またやりたい」と思えることが稀だし、それが実現することはもっと稀だ。お客様の温かい声に後押しされての再演には間違いないのだが、たとえそうだとしても、やってる側の人間が「もうたくさん」と思っていたら、絶対に実現しない。自分も、俳優たちも、とても楽しかったのだ、きっと。

本を読み返してみて、過去の自分に向き合うことはとても恥ずかしかった。たかだか一年半なのだが、人は変わるものだと思った。今の自分の感性で大幅に書き換えようと思いパソコンの前で数日悩んだが、結局リライトは最小限に留めた。なぜなら、それをやってしまうと「またやりたい」と思ったあの時の、「大切な何か」まで失ってしまうような気がしたからだ。一年半前の自分に、現在の自分が、演出家として挑戦してみようと思った。

新たに、盟友いわいのふ健に加わってもらい、スタッフ陣もほぼ総入れ替え。脚本はほとんど変わらないのに、作品は全く新しく生まれ変わった。

消えゆく命に、今ある命に、そして生まれくる命に、愛をこめて。

本日はご来場、誠にありがとうございました。

ストアハウスコレクションvol.1「日韓演劇週間」参加作品

2013年9月11日〜16日　上野ストアハウス

「BIRTH」は今から二年半前、新宿三丁目のSPACE雑遊で産声をあげた。
温泉ドラゴンにとっての第二作目。
僕にとっては、初めての作・演出作品だった。
昨年八月のSpace早稲田での再演を経て、今回は再々演ということになる。
初演時には、まさかこんなに再演を繰り返すことになるとは夢にも思わなかった。
これは全て、お客様の声に応えての再演である。
とてもありがたいことなのだが、少なからぬ戸惑いを覚えていることも事実だ。
演劇表現として、「新しい」ことをやっている自覚は全く無い。

むしろ、現在の演劇界の流行りとは逆行している。

ガタイのデカイ男たちが、暴れて、怒鳴って、泣き叫んで、ナチュラリズムとはおよそ無縁。

半径一メートル以内の「ビミョーナニンゲンカンケイ」なんか糞食らえでやってきた。

それ故なのかどうなのか、再々演に繋がる様な称賛の言葉と共に、全く受け入れてもらえない酷評も決して少なくない。


でも僕らは、肉体の存在そのものが持つ力強さを信じている。

言葉が世界を変えるかもしれないという奇跡を信じている。

ナチュラルを超えたところにあるリアルを信じている。

魂を揺さぶるものは必ず、強く、太く、切ないものなのだと信じている。


だから、今、「ＢＩＲＴＨ」なのだ。


「お前ら、ＢＩＲＴＨをうちでやれ」と声をかけていただき、今回の公演の実現のために尽力して下さったストアハウスの木村夫妻には、感謝の言葉が見つからない。

この作品が、常に僕らの出発点です。

本日はご来場、まことにありがとうございます。

韓国・ソウル公演　２０１４年９月17日～21日　演友《ヨヌ》小劇場

私は過去に二度、俳優として韓国の舞台に立たせてもらっています。

一度目は今から十八年前。学生時代に世界学生演劇祭に参加するために来ました。

二度目は十二年前。日韓共催のW杯の時に、劇団「蜃気楼万華鏡」のイ・ヘジェ氏の演出される舞台に出演させていただきました。それ以外に旅行で韓国を訪れたことはありません。つまり私にとって韓国は「演劇の国」そのものなのです。

その「演劇の国」で、自身の作品を上演する機会をいただきました。この喜びは言葉にできません。

両国の間には、歴史や政治的には問題が山積です。しかし、私にはかけがえのない韓国人の友人が沢山います。皆言うことは一緒です。

「国家間は難しい問題があるけど、僕らには関係ない。」

そうです。人間が人間と繋がるときに、国の問題なんてどうでもいいことなのです。「ロミオとジュリエット」と一緒です。親同士がいくら争っていても、人は人を愛するのです。

演劇は、「国」や「政治」を描くものではありません。「人間」を描くものです。私はそう信じています。

今回の「ＢＩＲＴＨ」も、素材としては社会問題を扱ってはいますが、私なりに正面から「人間」を描いているつもりです。そして、そこで描かれる「人間」は、国や政治を超えて理解し、愛し合うことのできる「人間」だと信じています。

今回の機会を与えて下さった、パク・クニョン氏並びに韓国の関係者の方々に深く感謝いたします。


帰国報告公演（「BIRTH　Final」と銘打って公演）　２０１４年10月6日、７日　上野ストアハウス

二〇一一年の初演から三年半にわたる「ＢＩＲＴＨ」の旅は、様々なものを捨てる旅だった。

壁の落書き、ブルーハーツ、木の箱、テーブル、ベンチ、鉄パイプの柱、天井から落ちる水滴……

再演を重ねるごとに少しずつ捨ててきた。

そして今年、韓国公演でまた捨てたものがある。


言葉の「意味」を捨てた。

「私」が「私」であるための拠り所だと思っていた些細なものの数々を捨てた。

だからあの瞬間、舞台の上で僕ら四人は、ただの人間だった。

言葉の「意味」を捨てた時、他者と繋がりたいと望む気持ちの切実さを知った。

自分であるための拠り所を捨てた時、「私は何者であるか」という自分自身に対する問いかけを手に入

れた。

そして、この二つさえあればこの先もなんとか生きていけるかもしれないという仄かな希望を手に入れた。

来年夏の、密陽《ミリャン》演劇祭に招待していただいた。

「Final」と銘打った言葉が嘘になってしまったが、それでもこの旅を続けられることは、本当に嬉しい。現在、ソウルにある劇団コルモッキルの稽古場には、韓国公演で使った冷蔵庫が眠っている。密陽演劇祭のために、先方のご厚意で保管していただいているのだ。

ストアハウスとソウルが、僕らの冷蔵庫で繋がっている。

捨てる旅の果てに、僕らはこの世界に、二つ目の誕生の地を手に入れた。

精一杯産まれて、精一杯生きていかねばならないと強烈に思う。

最後になりましたが、今回の韓国公演実現のためにご尽力下さったストアハウスの木村夫妻、そして劇団コルモッキルのパク・クニョン氏に深く感謝致します。

本日はご来場、誠にありがとうございます。

韓国三都市ツアー　密陽《ミリャン》、浦項《ポハン》、釜山《プサン》　２０１５年８月４日〜８日

「ＢＩＲＴＨ」は約五年前、温泉ドラゴンの誕生と共に産まれました。

三十代半ばになっていた私たちは、その時すでに家族を抱え、子育てを始めていました。自分たちの人生を生きることで精一杯なのに、無謀にも劇団という新たな家族を作り、すぐそこにある未来も見えない状況で作り上げた作品です。

先行きの見えない演劇生活や、世の中との摩擦、理想と現実とのギャップに対するジレンマ。そういった、どちらかというとネガティブな感情が、この作品を書かせたのだと思います。


あれから五年。

現在この作品は、我々の希望になりました。

再演を重ねるごとに、この作品が多くの素晴らしい出会いを我々に与えてくれます。


そして、ミリャンです。

海を越え、言葉を越え、文化を越えて、ここまで辿り着きました。

この地で再び「産まれる」ことを、心より嬉しく思います。

この作品が、常に我々の出発点です。

最後になりましたが、ミリャン演劇祭に我々を招聘下さいました、イ・ユンテク先生に、心より感謝申し上げます。

登場人物

ダイゴ
マモル
ユウジ
オザワ

遠くに小学校のチャイムの音が聞こえている。
下校していく子供たちの声。

警察署。取調室。

オザワ　俺、チャイムの音って好きなんですよ。こう、反射的に、子供の頃に戻るっていうかね。なんとも言えない気持ちになるでしょ。なんにも考えないで、ただ走り回って遊んでた時のこと、思い出すんですかね、体が勝手に。あ、そうでしたね、どこまで話したんでしたっけ。あ、そうか、えっと……刑事さん、誰かを本気で憎んだことってあります？　ええ、本気で。それってね、どれくらい憎んでました？　ええ、どれくらい。あ、長さです。時間。どれくらいの期間ってこと。そうですよね、忘れますよね。そうなんですよ。これね、はっきり言えますけどね、怒りとか憎しみってね、そんなに長く続かないんですよ。最初は、自分の体がどうにかなっちゃうんじゃないかっていうくらいに怒りが湧いて、それこそ、殺してやりたいなんて思っててもね、どこかで、なんて言うか……もういいかっていうか……もう限界だって、思うんですよ。忘れた方が楽だから、できることなら忘れたいってね。でもね、忘れちゃいけない怒りってあるでしょ。絶対に、忘れちゃいけない憎しみってあるでしょ。それがね、苦しいんです。もう、体全部で、忘れたがってるのに、忘れさせない努力っていうんですかね。執念を抱き続ける執念、とでもいうんですかね。もうくっつきかけてる切り傷にね、こう、自分でカッターの刃ねじ込んで、また開いてね、痛みを思い出すっていうかね、たとえれば、そんな感じですかね。俺にとってはね、刑事さん、それがあいつらを探し続けることだったんです。それがあいつらのね……そばに居続けることだったんです。

ガード下。
真上を電車の走る音がする。
壁にもたれて座り込んでいるオザワ。
ユウジがやってきて、オザワと対面する。
見つめあう二人。

オザワ　……見ない顔だな。
ユウジ　初めてだからな。
オザワ　どこで知った、俺のことを。
ユウジ　別荘で。お前、有名人だったぜ。お前の揃える道具は、どれも一級品だって。

オザワ　……刑務所にいたのか。何をやって引っ張られた？
ユウジ　お前には関係ねぇ。
オザワ　ああ……そうだな。何が欲しい。
ユウジ　一式全部だ。
オザワ　一式？　経験は？
ユウジ　あんなもん、だいたいわかる。
オザワ　見よう見真似でやろうってのか？
ユウジ　うるせぇよ。
オザワ　そんなに甘くないぞ。
ユウジ　うるせぇって。
オザワ　……規模は？
ユウジ　あ？
オザワ　店の規模だ。何人でやるつもりなんだ。
ユウジ　まだ俺一人だ。他はこれから探す。
オザワ　あてはあるのか？
ユウジ　俺がシャバに出てくるのを待ってる仲間がいる。
オザワ　最低でも三人、いや四人は必要だぞ。

ユウジ　それくらいどうってことねぇ。話せば飛びついてくる。
オザワ　ここんとこ、でかい組織が次々引っ張られてる。
ユウジ　（頭を指し）ここが違う。
オザワ　素人が下手な使い方すれば、間違いなく道具から足がつくぞ。
ユウジ　お前、さっきからなにゴチャゴチャ言ってんだよ。
オザワ　忠告してるんだ。
ユウジ　金が必要なんだよ、俺は。
オザワ　……。
ユウジ　……早く出せ。
オザワ　ここにはない。
ユウジ　どこにある。
オザワ　注文受けてから仕入れるんだ。数日はかかる。
ユウジ　三日で揃えろ。
オザワ　金はあるのか？
ユウジ　……。
オザワ　一式となると、それなりに必要だぞ。
ユウジ　後払いだ。

オザワ　なに？
ユウジ　仕事がうまくいったら、売り上げの中から払う。
オザワ　そんな話が通ると思ってるのか。

ユウジ、アーミーナイフを取り出す。

ユウジ　お前、さっきからうるせぇよ。
オザワ　……。
ユウジ　……やるのかやらねぇのか、どっちなんだ。

やがて、静かに笑いだすオザワ。

オザワ　いくら必要なんだ。
ユウジ　……。
オザワ　金が必要なんだろう。いくらなんだ。
ユウジ　お前には関係ねぇ。
オザワ　この仕事はな……最低でも月に三千万は固い。うまくすりゃ、億の金が稼げる。

ユウジ　……。
オザワ　でもな、そのためには知識と経験が必要だ。
ユウジ　……。
オザワ　素人考えじゃ、絶対に失敗する。
ユウジ　……。
オザワ　そうすりゃ、またムショに逆戻りだ。
ユウジ　……。
オザワ　……手伝ってやろうか。
ユウジ　ん？
オザワ　俺と一緒にやらないかと言ったんだ。
ユウジ　なに？
オザワ　俺がいれば、道具の心配はないだろう。安全な店舗も用意できる。
ユウジ　てめぇ……なに企んでんだよ。
オザワ　別に企んじゃいない。ここんとこ常連客が軒並み引っ張られてよ、厳しいんだよ、俺も。
ユウジ　……。
オザワ　この業界、もう長くは続かない。だったら足洗う前に一儲けしようかと思っただけだ。
ユウジ　……てめぇ、本気かよ。

オザワ　冗談で言えるか。
ユウジ　……。
オザワ　拝ませてやるよ、億の金。
ユウジ　……。
オザワ　どうする?
ユウジ　分け前は?
オザワ　均等割だ。
ユウジ　……一億稼げる保証は?
オザワ　信じてもらうしかない。

ユウジ、ゆっくりとナイフを収める。

オザワ　……道具は三日で揃えてやる。お前はその間に、残りのメンツを確保しておけ。
ユウジ　お前……名前は?
オザワ　オザワでいい。
ユウジ　オザワぁ……俺を嵌《は》めたら……殺すぞ。

ユウジ、去る。電車の音。


ダイゴの部屋。

夜。

安アパートの六畳間。

ダイゴとマモルが座卓に向かい、黙々となにやら作業に没頭している。机の上には、ハイポ（熱帯魚のカルキ抜き剤）、パケとよばれるビニール製の小分け袋、割り箸、ライター、秤など。二人はパケに一グラムずつハイポを入れ、ライターでふちを溶かして封をしているのだ。

床には、完成した大量のパケが散乱している。

二人は女装メイクに半裸。

マモル　ダイゴよ、作りすぎじゃねぇか？　これ。
ダイゴ　あ？
マモル　いや、もういいんじゃね？　こんなもんで。
ダイゴ　ああ、そうか。
マモル　ぜってーこんなにさばけねぇし。
ダイゴ　はまるよな、これ作ってると。

マモル　どんだけ暇なんだって話だわ。
ダイゴ　じゃあ、そろそろ行くか。
マモル　やっぱ行く?
ダイゴ　いや、行くだろ。

ダイゴ、立ち上がり、ブラジャーを着け始める。

ダイゴ　マモルも早く着替えろよ。
マモル　ああ。

マモルもブラジャーを着け始める。

ダイゴ　頼むわ。

マモル、ダイゴのブラジャーのホックを留める。

マモル　俺のも頼むわ。

ダイゴ、マモルのブラジャーのホックを留める。以下、着替えながら。

マモル　なあ、潮時じゃねぇか？　そろそろ。
ダイゴ　あ？
マモル　全然さばけねぇじゃねぇか、最近。
ダイゴ　ああ。
マモル　昨日みたいなこともあったしよ。
ダイゴ　ああ、まあな。
マモル　シャブ中やばいって、やっぱ。
ダイゴ　いきなり包丁で斬りかかってきたもんな。
マモル　下手したらお前死んでたし。
ダイゴ　ああ、間一髪だったな。
マモル　ちょー人集まってきたし、捕まんなかっただけマシだけど。
ダイゴ　なんで捕まんだよ。
マモル　え？
ダイゴ　俺らなんも悪くねぇし。

マモル　一応詐欺になるんじゃねぇの？
ダイゴ　そうなのか？
マモル　シャブっつってハイポ売ってんだから、詐欺じゃねぇの？
ダイゴ　そうか。
マモル　たぶんな。
ダイゴ　でもよ、なんでばれたんだ？　あの親父に。
マモル　あいつ二回目だ。
ダイゴ　マジか？
マモル　ああ。前に売ってるわ、俺あいつに。
ダイゴ　マジかよ。なんで近づく前に気付かねぇんだ。
マモル　暗いんだからわかるかよ。
ダイゴ　そっか。
マモル　なんか、別のしのぎ考えた方がいいって。
ダイゴ　なあ、なんで売れねぇんだ？　前はあんなにさばけたのに。
マモル　……ダイゴ、俺は嬉しいよ。
ダイゴ　あ？
マモル　お前が、やっとその疑問に辿り着いてくれて。

ダイゴ　なんだよ、その疑問って。
マモル　俺もずっとそのこと考えてた。
ダイゴ　そのことって？
マモル　だから、なんで売れなくなったのか。
ダイゴ　そっか。
マモル　そんで、なんとなくわかってきた。
ダイゴ　マジか？
マモル　ああ。
ダイゴ　なんでだ？
マモル　たぶんな、
ダイゴ　ああ、
マモル　ハイポだからだ。
ダイゴ　あ？
マモル　いいか、よーく聞けよ。熱帯魚用のカルキ抜きだから、売れねぇんだ。
ダイゴ　いやいやいやいや、それはねぇわ。
マモル　は？
ダイゴ　だって、見た目じゃわかんねぇんだから。

マモル　ああ、一発目はな。
ダイゴ　あ？
マモル　いいか、よーく聞けよ。二度目は、ぜってーに、買わねぇだろ。
ダイゴ　……ははぁ。
マモル　商売の鉄則はよ、リピーターつけることだろ、やっぱ。
ダイゴ　ははぁ。
マモル　常連さんがいてこその商売だわ。
ダイゴ　確かに。
マモル　ぜってーリピーターつかねぇんだわ、何故ならば、これは、ハイポなんだから。
ダイゴ　マモル、やっぱ頭いいなお前。
マモル　……そうか。

ダイゴ、ごろりと横になる。

ダイゴ　あーあ。完璧な仕事だと思ったのにな。
マモル　最初はな。
ダイゴ　ぜってー訴えられねーし……仕入れ値百円だし。

マモル　夢の商売だと思ったな、思いついた時。
ダイゴ　ああ。うまくいかねーもんだな。
マモル　まぁ、稼がせてもらった方じゃねぇの？　割と。
ダイゴ　まぁな。百円だからな、原価。
マモル　でもよ、金貯まんなかったな。
ダイゴ　ああ、全然だな。日々の生活で精一杯だったしな。
マモル　いや……スロットだろ。
ダイゴ　そうか？
マモル　そうだよ。ダイゴがスロットやんなきゃ貯まってたって。
ダイゴ　まぁそうかもな。今日も十八万負けたしな。
マモル　十八万？
ダイゴ　あれ、言ってなかったっけ？
マモル　なに？　スロットって十八万も負けれんの？　バカじゃねぇの？
ダイゴ　しょうがねぇだろ、昼間やることねぇんだから。
マモル　信じらんねぇ、お前。一緒に稼いだ金なのによ。
ダイゴ　まぁ、そう言うなよ。またでっかく稼ごうぜ。
マモル　四百万だぞ、簡単じゃねぇぞ。

沈黙。

ダイゴ　なぁ、四百万ってどっから出てきた額なんだよ。
マモル　あ？　信用できるサイトがあるんだよ。「ガールズバーを開業したいあなたへ」っていう。
ダイゴ　へー。
マモル　そのサイトによるとな、居抜きで四百万。内装とか全部やるなら最低でも一千万は必要だって。
ダイゴ　一千万。
マモル　でもよ、始めることさえできりゃ、あとは楽勝なんだよ。
ダイゴ　そうなのか。
マモル　乳でかい女置いときゃ、勝手に客が来るらしい。
ダイゴ　そうなのか？
マモル　ああ、時給千円で。乳がでかいか、もしくはまぁ顔がいいか。でも顔より乳が重要だって書いてあったな。頭はどんだけ馬鹿でもいいらしい、乳さえでかければ。
ダイゴ　ははぁ。
マモル　しかも今は、ガールズバーブームも下火でよ、本物しか生き残れないから、逆にチャンス

ダイゴ　なんだってよ。
マモル　本物って?
ダイゴ　だから、乳がでかいってことだろ。
マモル　そうか。
ダイゴ　開業資金さえありゃな。
四百万か……。

突然、玄関を激しく叩く音。
反射的に、机の上の物を隠そうとする二人。
しかし、ハイポであることに気付き、隠すのをやめる。

マモル　いや、ハイポだから。
ダイゴ　ああ、ハイポだった。
マモル　熱帯魚だから。
ダイゴ　ああ、何も悪くねぇ。

ダイゴ、玄関のドアをゆっくり開ける。

立っていたのはユウジ。
一瞬驚きの表情を見せるダイゴ。

ダイゴ　お、お前！　ユウジ！
ユウジ　へーい、久しぶりだなぁ……ダイゴ。
ダイゴ　お、おーーー！

ぎこちなく派手に抱きあう二人。

ダイゴ　いつ出てきたんだよ。
ユウジ　あー、そろそろ二週間になるか。上がるぞ。

返事を待たずに上がり込むユウジ。

ユウジ　なんだ？　その格好。
ダイゴ　あー、いや、いいんだ、これは。
ユウジ　こいつは？

ダイゴ　あ、ガキん時のダチだ……ほら、あー、施設ん時の。
ユウジ　おーなんだ、お前も孤児院上がりか。
マモル　（手を差し出し）マモル。
ユウジ　ユウジだ。

握手を交わす二人。

ダイゴ　あ、ユウジも、施設なんだぜ。川口の方だよな？
ユウジ　（それには答えず）あいつらは？
ダイゴ　え？
ユウジ　ユウタとかナオトとか。
ダイゴ　あー、もう全然会ってないわ。ユウタはガキ出来て結婚したな。ナオトは、田舎帰るって言ってたけどな。
ユウジ　なんだよ、だせーな。じゃぁ今ツルんでんのは、こいつだけか？
ダイゴ　まぁ、そうだな。
ユウジ　まあいいや、お前でも。
マモル　あ？

ダイゴ　三年？　いや、四年ぶりか？
ユウジ　いや、きっかり五年食らったぜ。

ユウジ、勝手に冷蔵庫を開ける。

ユウジ　もらうぞ。
ダイゴ　おう、飲んでくれよ。あ、マモルも飲めよ、乾杯だ。
マモル　おう。

三人、缶ビールを手にする。

ダイゴ　あ、じゃー、とりあえず、ユウジの出所祝いってことで。
三人　……うぃー。

だらっと乾杯。
ユウジ、散乱しているハイポに目をやる。

ユウジ　なんだよー、面白そうなことやってんじゃねぇかよ。
ダイゴ　あー全然儲かんねぇよ。小遣い稼ぎだよ、ただの。な？
マモル　あ？　ああ。
ユウジ　いくらで売ってんだ？　これ。
ダイゴ　あー、グラム四万。テンゴだと二万二千。
ユウジ　ハイポヒャクパー？
ダイゴ　ああ、ヒャクパー。
ユウジ　まじかよ？　やくざよりひでぇな。
ダイゴ　でもよ、リピーターがつかねぇからよ、どんどん客が減っていくってことに、今日気付いたわ。ていうかさっき。
ユウジ　あー、まずよ……謝っとくわ、あの時のこと。
ダイゴ　あの時のこと？
ユウジ　ほら、消えたろ？　俺……あー、金持って。
ダイゴ　あ、あぁ、いやいやいや、俺はいいんだよ、別に。なんか、事情があんのかなって……思ってたしよ。
ユウジ　あぁ、そうなんだよ。いろいろあったんだよ。
ダイゴ　それより大丈夫だったのかよ、あの後。血眼だったぜ、サクラギんとこの奴ら。

ユウジ　あぁ、ハンパねぇ追い込みかけられたわ。マジ殺されると思ったわ。
ダイゴ　で、その後だよな？　事件起こしたの。
ユウジ　ああ、死の恐怖でよー、まじパニクってたわけよ。つーか、パクられれば、檻ん中逃げ込めるっつーのもあったしな。
ダイゴ　え、まじで？　パクられようと思ってやったの？　え？　まじで？　むちゃくちゃだな。
ユウジ　ああ、殺されるよりかはマシだろ。
マモル　あー、悪いんだけどよ、なに言ってるか全然わかんねぇ。
ユウジ　そうだよな。すげー複雑なんだよ、この話は。説明してやってくれよ、ダイゴ。
ダイゴ　あぁ。えっ、そのまま言っていいの？
ユウジ　あぁ、いいよ、別に。俺は逃げも隠れもしねぇからよ。
ダイゴ　あー、まずな……あれ、出し子やってたのってマモルに言ったことあったっけ？
マモル　いや、聞いてねぇ。出し子って？
ダイゴ　ほら、オレオレ詐欺のよ、現金引き出す係。
マモル　マジかよ、いつの話だよ？
ダイゴ　けっこう前だよな。オレオレが騒がれだして、すぐくらいか？
ユウジ　そうだな。
ダイゴ　それでな、ユウジはグループの、なんつーか結構上の方だったんだよ、出し子を束ねる感じの。人間手配したり、売り上げ届けたりしてたんだよな？
ダイゴ　ああ。
ユウジ　で、俺らがいた会社どんどんでかくなってよ、店舗もばんばん増やして、すげー売り上げあげてたらしいんだわ。そんでヤクザに目ぇつけられてよ、ほら、桜木組ってあんだろ？あそこに、みかじめ納めろっつーことになったんだよな。
ダイゴ　ああ。
ユウジ　そんで、ユウジは昔、ヤミ金やっててよ、桜木の事務所出入りしてたことあってな？
ダイゴ　ああ。
ユウジ　割と仲良かったっつーかな。んで、組に金届ける係になってたんだよな？
ダイゴ　ああ。
ユウジ　んで、ある日、その金、持ち逃げしたんだよな？
ダイゴ　ああ。
ユウジ　二百万だっけ？
ダイゴ　二百三十万。
ユウジ　一応言っとくと、そん中には、俺らの給料も含まれてたと。
ダイゴ　だから悪かったたっつってんだろうがよ。
ユウジ　そんで、ヤクザに追っかけられる羽目になったと。

ユウジ　まぁな。
マモル　そんで？　さっき言ってた事件って？
ダイゴ　いや、こっから先は俺もよく知らねぇんだけど、コンビニ入るんだよな？
ユウジ　ああ、じゃあこっからは俺が説明するわ。まじ殺されっかと思ってよー、もうこりゃパクられるしかねぇと思ってよー、サクッと強盗でもやって捕まって、二年くらい入ってれば、ほとぼりも冷めんだろうと思ってよー、そんで入ったわけだ、ミニストップ。そしたらよー、なんとこれが困ったことによー、成功しちゃったんだわ。
ダイゴ　マジかよ。
ユウジ　あぁ、マジなんだよこれが。十万五千円、くれた。
ダイゴ　おお。
ユウジ　いやー、困っちゃってよー。まぁしょうがねぇから、その夜はその金でヘルス行ったりして豪遊して、次の日また行ったんだよ、ミニストップ。
マモル　同じ店？
ユウジ　ああ。さすがに次の日くらいは防犯体制バッチリだと思ったからよ。別の店入ってまた成功しちゃったら元も子もねぇだろ。
ダイゴ　そんで？
ユウジ　無事捕まった。

ダイゴ　おー。
ユウジ　裁判長曰く、大胆な犯行で反省のかけらも見られず、情状の余地は微塵もないっていうことで、懲役五年の実刑。
ダイゴ　そうだったのかぁ。
ユウジ　おお、いろいろあったんだよ、俺も。
ダイゴ　で？　最初の二百三十万はどうしたんだよ？
ユウジ　あ、それ聞く？　長くなるぜ。
ダイゴ　あー、じゃぁいいいや。もう手元にはねぇんだろ？
ユウジ　いや、そんなのとっくだよ。右から左。借金とかもろもろで。
ダイゴ　それで、もう大丈夫なのかよ、ヤクザ。
ユウジ　いや、それがよ……まぁ、なんつーか……まぁ、隠してもしょうがねぇから言うわ。
ダイゴ　……なんだよ。
ユウジ　いや、もう六年近く経ってるからよー、もうさすがに大丈夫だろうと思ってよー、顔出したんだよ、こないだ、桜木さんとこ。一度きちんと筋通しとこうと思ってよ。俺は、まぁそういう男だからよ。
ダイゴ　おう。
ユウジ　俺も、五年間檻の中で、きちっと反省してきましたっつってよ。

ダイゴ　そしたら？
ユウジ　……全然怒ってたわ。
ダイゴ　そっかー。
ユウジ　一度メンツつぶされて簡単に許してたら、ヤクザやっていけねぇって。
ダイゴ　まぁ、そうだよな。
ユウジ　ほんとはきっちり利子つけて請求するところだけど、それじゃとても払える金額じゃないから、一千万でいいって。
ダイゴ　一千万？
ユウジ　今どき指なんか詰められても、何の得にもならねぇから、金でしか解決できねぇって。
マモル　え？　指詰めるって言ったのかよ？
ユウジ　いや、言ってねぇよ。つーか無理だろ、ふつーに。おめぇ詰めれんのかよ。詰めろって言われて、はいわかりましたって詰めれんのかよ。できもしねぇくせにくだらねぇ質問してんじゃねぇ、バーカ。殺すぞ、コラ！
マモル　……。
ユウジ　とにかく、一か月以内に、一千万持ってこいって。
ダイゴ　一か月？
ユウジ　ああ。

ダイゴ　そんな金、ここにはねぇぞ。
ユウジ　そんなことはわかってるよ。でな、こっからが本題だ。
ダイゴ　あ？
ユウジ　ビジネスをな、始めようと思うんだよ。
ダイゴ　ビジネス？
ユウジ　ああ。
ダイゴ　何のビジネスだ。
ユウジ　その前に、一緒にやるつもりがあるかどうか聞かせてくれ。
ダイゴ　あ？　急にそんなこと言われてもわかんねぇだろ。何をやるのか聞かせろよ。
ユウジ　この仕事はよ、月に最低でも三千万は堅い。うまくいきゃ億の金が稼げる。
ダイゴ　あ？　マジかよ。
ユウジ　どうだ、一緒にやらねぇか？
ダイゴ　だから、何やるか聞かねぇとわかんねぇって。
ユウジ　売り上げは、きっちり均等割だ。
マモル　まともな仕事じゃねぇな。ダイゴ、やめとけ。
ユウジ　てめぇは黙ってろ！
マモル　あ？　なんだ？　こら。

ユウジ　殺すぞ、てめぇ。
マモル　やんのか、こら。
ダイゴ　やめろ！
ユウジ　俺はダイゴを誘ってんだ。おめぇは関係ねぇ。
マモル　ダイゴ、こいつまともじゃねぇぞ。
ユウジ　てめぇ、なんなんだよ、さっきから。
マモル　てめぇはなんなんだよ。
ダイゴ　やめろっつってんだろ！

二人の間に立ちふさがるダイゴ。
三人の間に緊張が走る。

ユウジ　……俺はよ、本気で誘ってんだ。
ダイゴ　だから、何をやるんだって聞いてんだ。
ユウジ　……お前らが日銭稼いでるそれと一緒だよ。
ダイゴ　あ？
ユウジ　詐欺だよ。

ダイゴ　詐欺？
ユウジ　振り込め詐欺。

音楽。タイトル「ＢＩＲＴＨ」
音楽の中キレッキレで踊る四人の男。

四人のアジト。
四人が顔を合わせている。
中央には、大量の携帯電話とキャッシュカード。
パトカーや救急車のおもちゃもある。

オザワ　暗証番号は、カードの裏。携帯の番号も、それぞれ電話の裏に書いてある。
ユウジ　すげぇ量だな。
オザワ　その都度使い捨てるからな。
ダイゴ　マジかよ、もったいねぇ。
オザワ　念には念を入れるんだ。徹底しろ。どっちみちひと月、長くても二か月しか使えない。
ダイゴ　あ？　なんで？

オザワ　料金払わないんだ。止められる。
ダイゴ　あ、そうか。
マモル　なぁオザワ、なんなんだ、ここは。
オザワ　ああ、昔劇場だった。
マモル　劇場？
オザワ　ああ。
ダイゴ　今は？
オザワ　潰れて廃屋になってる。
ユウジ　もっとお洒落なオフィスとかなかったのかよ。
オザワ　ウィークリーマンションなんかでやってる組織が次々に引っ張られてんだ。捕まりたくなきゃ我慢しろ。これが名簿、これが台本だ。
ユウジ　台本？
オザワ　ああ、ある組織が実際使ってたものだ。
ユウジ　（パラパラとめくりながら）細けーな。
オザワ　まぁ参考くらいにしかならない。重要なのは、その場その場で臨機応変に対応していくことだ。
ユウジ　いろんな種類があるんだな。

マモル　どう違うんだ？
オザワ　成功率なら、架空請求だ。エロサイトの利用者名簿使って、未払い金があるって言って引っ張る。向こうにもやましい気持ちがあるから割と簡単に振り込んでくる。でも一件あたりの額が小さい。
ユウジ　どのくらいなんだ。
オザワ　数万から、よくても十数万ってところだ。
ユウジ　でかいのは？
オザワ　別格なのは、オレオレだ。一人から億の金を抜いたなんて話もある。
ダイゴ　億？
オザワ　相手に、息子だと信じ込ませるんだ。息子を助けたい一心で、繰り返し繰り返し振り込んでくる。騙されたとわかるまで。
ユウジ　決まりだな。
オザワ　ただ、今は手口が広まってる。そうそううまくはいかない。……それとな、
ユウジ　なんだ？
オザワ　子供を思う気持ちを利用して、年寄り騙すんだ。良心が少しでもあったらできない。
ユウジ　……騙される方が悪いだろ、どう考えても。
オザワ　まぁ、一度成功すりゃ、罪悪感なんて吹っ飛ぶ。金のことだけ考えるんだ。

ユウジ　一つ確認しておくぞ。
オザワ　なんだ。
ユウジ　売り上げは均等割。四人いるから、一億だったら一人二千五百万だ。
ダイゴ　ああ。わかってる。
マモル　俺とダイゴは、一か月だけだ。それ以上はやらねぇぞ。
ユウジ　勝手にしろバーカ。
マモル　てめぇケンカ売ってんのかよ。
ユウジ　気持ち悪ぃんだよ、ダイゴダイゴってよ。ホモかおめぇは。
マモル　てめぇ殺すぞ。
ユウジ　やんのかコラ。

ユウジに向かっていくマモル。
ダイゴが必死にマモルを止める。

マモル　ホモじゃねぇからな！　ホモじゃねぇからな！
ダイゴ　やめろって！　オザワ、まず、何から始めりゃいい？
オザワ　本当にオレオレでいくのか。

ユウジ　当たり前だろが。数万の金、ちまちまやってられるか。
オザワ　だったら使う名簿はこれだ。六十歳以上で、息子がいて、なおかつ別居してる家だけ二万件載っけてある。
ダイゴ　二万件？
オザワ　この仕事はな、名簿が命なんだ。名簿によって成功率が大きく変わる。
ユウジ　この、横に書いてある名前は何だ？
オザワ　それが息子の名前だ。ただし、こっちからはなるべく名乗るな。
ダイゴ　なんで？
オザワ　兄弟とか、孫なんかがいた場合に、勝手に向こうが勘違いすることがある。その場合は、そっちになりすませ。
ダイゴ　難しそうだな、なんか。
ユウジ　それで？
オザワ　まずアポ電から始める。
ダイゴ　アポ電？
オザワ　電話番号が変わったから、登録しなおしてくれって言うんだ。
ダイゴ　おお、聞いたことあるな。
オザワ　アポ電を、一人一日最低二百件かける。

ダイゴ　にひゃっけん？
オザワ　その中で成功するのが五件から十件。新しい電話番号を登録させるのに成功するのが、五件から十件だ。
ユウジ　アポ電に成功したら？
オザワ　数日あけて改めて電話する。そっからが本番だ。
ダイゴ　この台本の出番か。どのパターンでいく？

オレオレとそれ以外の台本を選り分けていく。

ユウジ　オレオレだけでこんなにあんのかよ。
ダイゴ　すげーな。
オザワ　一度練習してみるか。
ユウジ　練習？
オザワ　ああ、ここ劇場だから。芝居の稽古だと思って。この一番初期のやつでやってみるか。
ユウジ　「交通事故の示談金」
ダイゴ　ユウジやってみろよ。
ユウジ　マジかよ。

オザワがテープレコーダで、町の環境音を再生する

オザワ　じゃあ、二人はこれとこれだ。

ダイゴとマモルにそれぞれパトカーと救急車を渡す。

オザワ　（ユウジに）いいぞ。

ユウジ　マジかよ、泣きながらとか書いてあるぜ。（台本を読み始める。とても下手である）あ、お母さん？　俺だよ俺。うん。そう、コウタロウだよ。今大変なことになっててさ、車で事故おこしちゃってさー、うん、うん大丈夫。俺は大丈夫だよ。うん、どこも怪我してないよ。でもさー、相手に怪我させちゃってさー、うん、結構ひどい怪我。助手席に妊婦さんが乗っててさー、血がいっぱい出てる。

オザワの合図で、マモルが救急車の音を出す。

ユウジ　あ、今救急車が来た。うん、今妊婦さんが運ばれてる。意識ないみたい。なんかぐったり

してる。

オザワの合図で、ダイゴがパトカーの音を出す。

ユウジ　あ、パトカーが来た。そしてお巡りさんが降りてきた。ちょっと電話変わってくれって。お母さん、ごめんね、ごめんね。かっこ泣き崩れるだって。

立ちつくす四人。

ユウジ　これで一億？
ダイゴ　すげー簡単だな。
マモル　下手すぎるだろ、芝居が。
ユウジ　なんだと？　てめぇ。
マモル　大根か。
ユウジ　殺すぞ、てめぇ。
マモル　シェイクスピア俳優か、てめえは。
ダイゴ　揉めるんじゃねぇ！

二人の間に割ってはいるダイゴ。

ダイゴ　仲間なんだからよー、仲良くやろうぜ。

ユウジ　てめぇ、いつか殺す。

睨みあっているユウジとマモル。

オザワ　いいか、もう一度確認するぞ。こっちから余計なことはしゃべるな。できるだけ向こうにしゃべらせるんだ。そして、なるべく多くの情報を引き出す。家族構成、勤め先、兄弟の名前、最寄り駅、なんでもいい。息子だと信じてりゃ、あらゆる情報を垂れ流してくる。それを、俺が横で聞いてノートにどんどん書き込んでいく。

ダイゴ　それが後から効いてくるってわけだな。

オザワ　そういうことだ。じゃあ……さっそくやるか。アポ電からだ。

ダイゴ　どうする？

ユウジ　俺はもうぜってーやらねぇ。（マモルに）おめぇやれよ。

マモル　は？　やなこった。

ユウジ　てめぇ、人にシェイクスピアとか言ったんだからやってみろや。
マモル　やだね。俺は救急車なんだよ。
ユウジ　てめぇふざけんなよ。
ダイゴ　だからやめろって。わかったよ、俺がやるよ。適当に選んでいいんだよな？
オザワ　ああ、かまわない。
ユウジ　かけたとこチェックしとけよ、わかんなくなるから。
ダイゴ　わかってるよ。あそっか、携帯番号メモっとかなきゃいけねぇのか。

選んだ携帯の裏を見て、番号をメモする。
みんなが注目している中、電話をかけ始めるダイゴ

ダイゴ　あ、もしもし……オレだけど……いや、オレだよ、オレ。

相手が名前を呼ばないようだ。
名簿を手に取り、息子の名前の欄を探すダイゴ

ダイゴ　……あー、サトシだよ……うん。ほんとだよ……サトシだよ……あぁ……久しぶりだね、

うん、元気にやってるよ……。

戸惑っているダイゴ。
電話を耳から離し、スピーカーにする。
聞こえてくる、電話の向こうの声。

電話の声　……サトシ……サトシ……。

泣いているようだ。

電話の声　……ごめんねぇ……サトシ……ごめんねぇ……ごめんねぇ……。

号泣。
顔を見合わせ、戸惑う四人。
暗転。

数十分後。どんより落ち込んでいる四人。

メモしたノートを見ながら、情報を確認している四人。

オザワ　……三十年前、サトシが六歳の頃に生き別れになってると？
ダイゴ　……ああ。
ユウジ　なんらかの事情により、ばあさんのところにサトシを預けて、それっきり今日まで会ってないと。
ダイゴ　……たぶん。
オザワ　その時には、サトシの父親はもう死んでたと。
ダイゴ　んー……たぶん。
マモル　預けたばあさんっていうのは、親父の方の？
ダイゴ　たぶんな。そのばあさんが、何度頼んでも、俺に会わせてくれなかったって言ってたからな。あ、俺っていうかサトシに。
ユウジ　おいおいおい、なんかヘビーなパターンじゃね？　一発目から。
ダイゴ　泣いてばっかで、はっきりしたことはわからねぇ。ごめんとありがとうしか言わねぇし。
ユウジ　今は、一人で住んでるって言ってたんだろ？
ダイゴ　ああ。俺と別れてから、ずっと一人だったたって言ってた。あ、俺っていうかサトシと。
ユウジ　金は持ってそうだったか？

ダイゴ　わかるわけねぇだろう、そんなこと。
ユウジ　いや、雰囲気だよ、雰囲気。なんとなくあんだろ、金持ちっぽい雰囲気ってよ。
ダイゴ　だから、わからねぇって。
ユウジ　なんだよ、つかえねぇな。
マモル　なぁ、どうすんだ？
ダイゴ　なにが。
マモル　この後。
ユウジ　続行に決まってんだろう。
ダイゴ　マジで言ってんのかよ。
ユウジ　やめる理由なんてねぇだろう。
ダイゴ　普通のやつにしようぜ、こんな……なんかヘビーなやつじゃなくてよー。
ユウジ　うまくやりゃ、有り金全部吐き出すんじゃねぇか、子供を捨てた罪悪感から。
ダイゴ　いや、捨てたかどうかわからねぇだろう。
ユウジ　謝りまくってたじゃねぇか。捨てたに決まってんだろ。
ダイゴ　……。
ユウジ　でもよ、ダイゴお前、才能あんじゃね？　演技。
ダイゴ　え？　そうか？

ユウジ　（二人に）すげー自然だったよな。
オザワ　とりあえず……しばらく様子を見るか。
ダイゴ　あ？
オザワ　三十年ぶりで、いきなり金の話するのも不自然だろう。
ユウジ　じゃダイゴよ、適当にちょいちょい電話してよ、情報引き出しがてら、がっつり信頼関係築いとけよ。
ダイゴ　まじかよ。
ユウジ　さっきの調子でやりゃいいんだよ、ほんとにサトシになった気分でよ、ママに甘えりゃいいんだよ。
ダイゴ　簡単に言うなよ。
ユウジ　いけるって。はまり役だって。（他の二人に）なあ？
ダイゴ　気が進まねぇな。
ユウジ　お前マジかよ。超チャンスじゃねぇかよ。本人が出てきてバレる可能性はほとんどねぇんだからよ。
ダイゴ　いや、そういうこと言ってんじゃねぇよ。
ユウジ　じゃ、どういうこと言ってんだよ。
ダイゴ　ちょっと待てよ、今考えてんだからよ。

ユウジ　てめぇよ……ここまできてビビったのかよ。
ダイゴ　だからよー、ビビってるとかそういうこと言ってんじゃねぇだろ！
ユウジ　じゃ、どういうこと言ってんだよ！
ダイゴ　お前、さっきからうるせーよ！
ユウジ　おいこら、喧嘩売ってんのかよ。
ダイゴ　うるせーからうるせーっつってんだよ。
マモル　やめろって、二人とも！
ユウジ　てめぇは黙ってろ！
マモル　てめぇが黙ってろ。
ユウジ　やんのか、こら。
ダイゴ　やめろって！……わかったよ。やりゃいいんだろ、やりゃ。
ユウジ　おう……わかりゃいいんだよ。……おーい、俺ら仲間なんだからよー、喧嘩しねぇで、仲良くしようぜ、仲良く。
ダイゴ　途中でバレても知らねぇからな。
ユウジ　大丈夫だって……お前……芝居うまいから。

ダイゴの部屋。

夜。

布団が敷いてある。

ダイゴ　泣いてたよな、サトシの母ちゃん。

マモル　……ああ。

ダイゴ　嬉しかったってことだよな。

マモル　……ああ、たぶん。

ダイゴ　三十年もよ、忘れないなんてこと、あんのかな。

マモル　……わかんねぇな。

ダイゴ　わかんねぇよな。

マモル　サトシはよ、今どうしてんだろうな。

ダイゴ　俺も、それを考えてた。

マモル　会いたいはずだよな、おふくろに。

ダイゴ　憎んでるってことはねぇかな。

マモル　捨てられて？

ダイゴ　捨てられてっていうか……ばあさんのところに預けられて。

マモル　んー、どうだろうな。

ダイゴ　わかんねぇよな。
マモル　本人が捨てられたって思ってるかどうかもわかんねぇもんな。
ダイゴ　……まあ、そうか。でもよ……あんだけ泣いて謝るってことは、やっぱ捨てたってことか。
マモル　そうだよな。謝るくらいなら、捨てなきゃいいんだ。
ダイゴ　なんか……事情があったのかもな。
マモル　子供を捨てるほどの事情なんてあるか？
ダイゴ　……わかんねぇな……やっぱ。

横になるマモル。

マモル　ダイゴは、おふくろのことって覚えてるのか？
ダイゴ　ん？　なんで？
マモル　いや……ちょっと聞きたくなった。
ダイゴ　そっか。
マモル　ああ。
ダイゴ　まぁ、なんとなくな……。
マモル　そっか。

ダイゴ　動いてる姿っていうよりか……絵みたいなかんじで。
マモル　そっか。
ダイゴ　笑ってる顔とか、声とか、別れる時の後ろ姿とか。
マモル　……そっか。
ダイゴ　マモルは？
マモル　全然。二歳の時だからな、両親事故で死んだの。
ダイゴ　そっか。そうだよな。
マモル　夢には出てくるけどな。
ダイゴ　覚えてないのに？
マモル　ああ。変だよな、写真でしか見たことねぇのに。
ダイゴ　いや……変じゃねぇけど。
マモル　写真のまんまなんだよ。今の俺より若いんだわ。今の俺より若い両親と……今の俺と……
三人でな……一緒に暮らしてんだわ。
ダイゴ　……そっか。
マモル　ああ……なぁ。
ダイゴ　ん？
マモル　どんな人だったんだ？　ダイゴのおふくろさん。

ダイゴ　……まぁ……いいだろ……俺の話は。
マモル　……ごめん。
ダイゴ　いいよ……べつに。

沈黙。

マモル　なぁ。
ダイゴ　ん？
マモル　してやろっか……口で。

一瞬、止まる時間。

ダイゴ　……いらねぇんだよ……そういうのは。
マモル　別に、変な意味じゃなくてよ。
ダイゴ　なんだよ、それ。
マモル　最近、ダイゴ、女の出入りないだろ。
ダイゴ　余計なお世話だ。

マモル　別に、気ぃ遣うなよ。
ダイゴ　気ぃ遣ってるとかじゃねぇよ。
マモル　じゃあ、してやるよ。
ダイゴ　いらねぇって言ってんだろ。
マモル　うまいよ、俺。
ダイゴ　知らねぇよ。
マモル　ダイゴってよー、なかなか理性なくさねぇよな。
ダイゴ　理性じゃなくてな、本能だ、これは。
マモル　……冷たい。
ダイゴ　冷たいとかそういう問題じゃねぇだろ。
マモル　……便利に使ってくれていいよ……俺のこと。
ダイゴ　お前なー、便利とか言うなよ。
マモル　施設ん時から、ずっと言ってるし……尽くしたいって思うだろ……好きなら……ふつうに。
ダイゴ　……。
マモル　だから……便利に使ってくれていいよ……。
ダイゴ　いや……尽くしてくれるのはいいんだけどよ……なんつーか、そういうサービスは……サービスはいらねぇわ。

マモル　……そっか。
ダイゴ　ああ……いらねぇわ。
マモル　……ああ、じゃあ、もう言わねぇわ。

マモルはすねて、ダイゴに背を向けて寝る。

ダイゴ　……気が向いたらな、
マモル　ん？
ダイゴ　頼むかもしれねぇわ。
マモル　……待ってるわ。
ダイゴ　寝るわ。
マモル　おやすみ。

ダイゴ、蛍光灯の紐を引っ張り、常夜灯にする。
長い沈黙。
突如起き上がり、ダイゴにのしかかるマモル。

ダイゴ　てめぇ、やめろ。
マモル　てめぇ、やらせろ。
ダイゴ　やめろって。

力づくでダイゴをねじ伏せるマモル。

ダイゴ　やめろって！
マモル　好きなんだって、好きなんだって。
ダイゴ　やめろって！　無理だって。
マモル　好きなんだって！

柔道の寝技のようにダイゴを組み伏せ、無理矢理体を舐め回すマモル。
力の限り抵抗し、なんとか逃れるダイゴ。
疲れ果て、肩で息をしている二人。

ダイゴ　無理だから……それだけは。

マモル、布団に顔を押しつけ、獣のような声で泣きだす。
その姿を見つめているダイゴ。
やがて、一人外に出ていくダイゴ。

外に出たダイゴ、携帯を取り出し、どこかにかける。

ダイゴ　……もしもし……お母さん？　うん……サトシ。ごめんね、夜遅くに。……俺さ……さっきは言えなかったんだけどさ……今日お母さんに電話したのはね……ちょっと今……困っててさ……誰にも頼れなくてさ……それで……お母さんに……うん……実はね……お金のことなんだ……。

アジト。数日後。

ユウジ　あ？　やめる？
ダイゴ　ああ。
ユウジ　なに言ってんだよ！
ダイゴ　もういいだろ、サトシんとこは。

ユウジ　まだまだいけるって。完全に信じ込んでんだろ。
ダイゴ　もう充分だろって。もう五百万近く抜いてるだろーが。
ユウジ　いやいやいや、まだいけるって。
ダイゴ　まだいけるって、電話すんの俺じゃねぇかよ。
ユウジ　だからまだいけるって言ってんだよ。お前芝居うまいんだから。
ダイゴ　都合のいいときだけ褒めてんじゃねぇ。
ユウジ　いや、ホントだって。惚れ惚れするよ、お前の演技。
ダイゴ　お前が大根すぎるんだよ。
ユウジ　うるせーよ。
ダイゴ　もう金引っ張る口実もねぇしよ。
ユウジ　会社の金使い込んだのがバレたって言ってあんだろ？　実はまだあるとかなんとか適当言えばいいじゃねぇかよ。
ダイゴ　お前こそ、人ごとだと思って適当言ってんじゃねぇぞ。
ユウジ　あーもー！　頼むよ、ダイゴ。考え直してくれよ。
ダイゴ　あー、だって可哀想じゃねぇかよ。
ユウジ　可哀想って、何が。
ダイゴ　サトシのおふくろさんが。

ユウジ　はあ？　お前めちゃくちゃだって、言ってることが。
ダイゴ　何が？
ユウジ　今まで何度もおかわりしてな、今更可哀想はねぇだろうが。
ダイゴ　いや、何度もおかわりしたから、可哀想なんじゃねぇかよ。
ユウジ　だめだ。話になんねぇ。
ダイゴ　とにかく、俺はもう降りてぇ。
ユウジ　じゃーよー、せめて最後にでっかい額ガツンといこうぜ。今まで余裕で百万単位の金振り込んできてるんだぜ。まだまだ余力あるって。
ダイゴ　無理してるかもしれねぇじゃねぇかよ。
ユウジ　無理してたら、何百万もポンと出てくるわけねぇだろが。
ダイゴ　借金とかしてるかもしれねぇだろう。
ユウジ　あーあーあー、ほんとに、ほんとうに意味不明。なんで急に可哀想とかなっちゃうわけ？　わかるように説明してくれる？　ダイゴちゃんよ。
ダイゴ　だからさっきから言ってんだろ。可哀想だからだよ。
ユウジ　だから、なんで急に可哀想になっちゃったのか説明しろって言ってんだよ。
ダイゴ　いっぱいお金をだまし取っちゃったから、可哀想になっちゃったって言ってんだろうがよ。
ユウジ　じゃぁ、なんで今までは可哀想じゃなかったんだよ。

ダイゴ　今までだって、ちょっとは可哀想と思ってたよ。
ユウジ　だからな、なんでそのちょっとの可哀想が、このタイミングでいっぱいの可哀想になっちゃったんだって聞いてんだ、俺は、さっきから。
マモル　おい、もうやめれ、二人とも。
ユウジ　てめぇ、うるせーんだよ！
マモル　てめぇがうるせーんだよ。
ユウジ　てめぇ、マジで殺す。
マモル　おーやってみろや。
ダイゴ　やめろって、だから。
ユウジ　ダイゴ、マジで考え直せって。
ダイゴ　俺ばっかりあてにしてんじゃねぇよ。少しは自分で稼いだらどうなんだ。
ユウジ　台本通りにやってうまくいかねぇんだから、しょうがねぇだろうが。
ダイゴ　台本通りじゃなくて臨機応変にやれって言ったの、お前だろうが。
ユウジ　俺はそんなこと言ってねぇ。
ダイゴ　言っただろ、最初に、偉そうによ。
ユウジ　俺じゃねぇ。俺は絶対にそんなこと言ってねぇ。オザワだろ、言ったのは。
マモル　ああ、オザワだ。

オザワ　ああ、俺だ。
ダイゴ　誰だっていいよ。
ユウジ　だってよー、役者の才能ねぇんだよ、俺は。お前のな、その溢れ出る？　迸《ほとばし》る？　スーパーナチュラリズムな演劇的才能にすがるしかねぇから、こうやって頼んでるんじゃねぇかよ。
ダイゴ　なんだよ、スーパーナチュラリズムって。
ユウジ　ホントだって。天才だって。芝居の神様降りてきてるって。今！　ほら！
ダイゴ　おい。馬鹿にしてんだろ。全然嬉しくねぇぞ。
ユウジ　馬鹿にしてねーって。ホントだって。
ダイゴ　じゃあ、一個教えてやるわ演技。お前、ヤミ金時代の癖でな、電話口で凄むからうまくいかねぇんだわ。
ユウジ　なんだと？
ダイゴ　金借りようっていう息子がな、母親にあんなに凄むわけねぇだろ？
ユウジ　……このやろう。自分がちょっと芝居うまいからってよ……。
ダイゴ　やるならよ、エロサイトのやつとかよ、多重債務者のやつとかにしようぜ。
ユウジ　あー、こんなに根性ない奴とは思わなかったわ。
ダイゴ　……。

黙り込む四人。

荒れて、物にあたるユウジ。

ダイゴ　……あー……じゃーよ、言うわ。

ユウジ　あ？

ダイゴ　ホントのこと。

ユウジ　なんだよ、ホントのことって。

ダイゴ　あー、これ……なんつーか……けっこう爆弾発言だぜ。

ユウジ　だから、何だよ。

ダイゴ　……たぶんだぜ……いや、絶対だな……いや、まぁたぶんか……いや、絶対だな。

ユウジ　早く言えよ！

ダイゴ　……おふくろなんだよ……俺の。

三人　……。

ユウジ　……何が？

ダイゴ　いや……サトシのおふくろ。俺のおふくろなんだよ。たぶん絶対。

マモル　……なに言ってんだ？

ユウジ　……なに言ってんだ？
オザワ　……なに言ってんだ？
ダイゴ　いや、だから……おふくろなの。
ユウジ　お前、ふざけんなよ。名前が全然違うじゃねぇかよ。
ダイゴ　兄貴の名前……サトシ。俺、弟……ダイゴ。
マモル　あ。
ユウジ　マジか。
ダイゴ　マモル、覚えてんだろ？　昔よく遊んだじゃねぇか、みはる苑で。
マモル　そうだ……ダイゴの兄貴、サトシだ。
ユウジ　でもサトシなんて名前、どこにでもあんだろうがよ。
オザワ　確かに。それだけでは、母親とは言えないな。
ダイゴ　……ダイゴも元気なのかって言ってた。
マモル　マジか。
ダイゴ　……昔の状況とかも、ばっちりだし。
マモル　えっ、ばあさんに預けられたっていうのは？
ダイゴ　ああ……そうだよ、最初は。そんで、ばあさんが俺らのこと持て余して、みはる苑に入れたんだわ。

オザワ　今は……兄貴はどうしてんだ？
ダイゴ　あ？　普通に会社員やってるよ。
マモル　サトシも、おふくろさんに会ってないのかよ？
ダイゴ　会ってるもなにも、生きてるか死んでるのかさえわからなかったんだ。俺らの中では、もういないことになってた。
マモル　そうだったのか。
三人　……。
ダイゴ　ばあさんは、おふくろのこと……男作って逃げたとかな、目の敵みたいに言ってたけどな。おふくろが言うには、オヤジが死んで、俺らのことばあさんに奪われて、会わせてもらえなかったとかなんとかな……まあ、別になにがホントでもいいんだけどよ。一応たぶん、俺のおふくろだし。……今回のことだって、いつか会えた時のために……俺らのために少しずつ貯めた金だから、困ってるなら使えって言って出してくれた金だしな……だから……なんつーか……まぁ、これ以上は……もう、いいだろ……勘弁してくれ。

頭を下げるダイゴ。
沈黙が部屋を包む。
やがてユウジが口を開く。

ユウジ　んで？
ダイゴ　？
ユウジ　……それで？
ダイゴ　あ？
ユウジ　それがなんで……やめるってことになるんだ？
マモル　……なに言ってんだ？
ユウジ　なぁ、ダイゴよー。なんでやめるってことになるんだよ。
ダイゴ　お前……。
ユウジ　だってそうだろ？　別に自分の親だからって、やめる理由にはならねぇだろう。
ダイゴ　お前……マジで言ってんのかよ。
ユウジ　お前こそ、マジで言ってんのかよ。
ダイゴ　……。
ユウジ　だってよー、この仕事はよー、俺ら四人で始めたことじゃねぇかよ。今更、お前の個人的な理由でよー、俺らみんなの売り上げ減らすんじゃねぇよ。
ダイゴ　……。
ユウジ　お前、目ぇ覚ませよ。いい年こいて、母親もクソもねぇだろうが。

ダイゴ　……。

ユウジ　お前、自分勝手だ、マジで。

ダイゴ　えーっ？

ユウジ　だって考えてみろよ。今回のことだってよー、オザワが用意してくれた名簿があったからこそだろ？　マモルが、危険を顧みずに出し子をやってくれてるからこそだろ。いや、元はといえば俺が声掛けてやったからこそだろ？　そういう俺らみんなの気持ちを踏みにじってよ、勝手にやめるとか言ってよ、自分勝手だよ、お前。

ダイゴ　お前……それ本気で言ってんのか？

ユウジ　お前よー、さっきからそのとぼけた振りやめろよ。どう考えても俺の言ってることの方が筋が通ってんだろうがよ。

ダイゴ　マモル……俺、倒れそうだわ。

ユウジ　だから、それをやめろっつってんだ。

ダイゴ　ユウジよ、お前もそれ以上やめとけよ、ぶん殴るぞ。

ユウジ　……おい、ダイゴよー、俺に喧嘩売んのかよ。

ダイゴ　……いや、今日はもう帰るわ。

ユウジ　おい、今喧嘩売ったよな、お前は、俺に。

外に出ていこうとするダイゴ。

ユウジ　てめぇ、逃げんじゃねぇよ！

ダイゴ　ユウジよお……おめぇのことぶん殴らねぇように、表に行くっつってんだ。それ以上なんにも言うんじゃねぇぞ。

ユウジ　……。

外に出ていくダイゴ。

ユウジ　……。あのやろう……俺に喧嘩売りやがった……（二人に向かって）なぁ？　俺の言ってることのが正しいよな？　なあ？

二人　……。

マモル　……俺も出てくるわ。

ダイゴの後を追いかけるマモル。
残されるユウジとオザワ。

二人　……。

公園のダイゴとマモル。
舞台の一隅には、ユウジとオザワが残っている。
公園では、子供たちが母親と遊んでいる。
ベンチに座るダイゴ。遊ぶ子供たちを見ている。
遅れてやってくるマモル。
ダイゴの横に座る。

マモル　……すげーな、あいつ。
ダイゴ　ああ……。昔っから、ああだったわ。
マモル　そうなのか？
ダイゴ　ああ、全然変わってねぇ。
マモル　あれ、ふざけてんじゃないのか？
ダイゴ　本気で言ってんだ。……あいつ、昔っから、ああいうとこあってよ。なんつーか、人の気持ちを理解できないっていうかよ。
マモル　そっか。

ダイゴ　おっかなくってみんなツルんでたけどよ……キレると何するかわからねぇから。
マモル　そっか。
ダイゴ　暴力でしか、他人を支配できないっていうかな。
マモル　……。
ダイゴ　でも、あいつもよ、わからないだけだと思うんだ。
マモル　なにが？
ダイゴ　んー、なんつーか、人とのフツーのつきあい方。
マモル　……。
ダイゴ　あいつもよ……親いないだろ？
マモル　ああ、そう言ってたな。
ダイゴ　なんか、複雑らしくてよ。
マモル　どんな風に？
ダイゴ　なんか、おふくろさんが、いっつも家の中に男連れ込んでたって……そんで、いっつも暴力振るわれてたって。
マモル　そっか。
ダイゴ　だから、自分の体がでかくなって……力が付くの待って……二人まとめてぶっ殺したんだって……

マモル　マジか、それ。
ダイゴ　言ってるだけかもしれねぇけどな……だから、俺には恐いもんなんて何もねぇんだっつってな。
マモル　ホントかね？
ダイゴ　わかんねぇよ……。
マモル　……。
ダイゴ　でもフツーに言いふらしてたからよ……おっかねぇだろ？　そんな奴。だから……みんな、どっかでビビりながらツルんでたって感じでよ。
マモル　でもダイゴは仲良かったんだろ？
ダイゴ　んー、おれはな……割と気が合ったんだよ。
マモル　なんで？
ダイゴ　なんでかなぁ。俺は別に恐くなかったんだよな。
マモル　そうか。
ダイゴ　わかりやすいだろ？　あいつ、単純で。
マモル　ああ。ちょーわかりやすい。
ダイゴ　それが面白くってよ、俺は。
マモル　はは……そっか。

ダイゴ　お互い、一目置《いちもく》いてたっていうかな。親がいないもん同士ってのもあったしな。
マモル　まぁ……そっか。
ダイゴ　……さっきあいつが怒ったのはよ。
マモル　ん？
ダイゴ　こんな形で、俺がおふくろに出会って……うらやましいっていうか……なんか……そういうのもあったたんじゃねぇかなぁと思うわ。
マモル　いい風に考えすぎだろ、それ。
ダイゴ　いや、ちょっとはあったと思うわ。
マモル　……そっか。

母親と遊ぶ子供の声が一際響く。

マモル　聞いてもいいか？
ダイゴ　ん？
マモル　おふくろさんの話。
ダイゴ　ん？　ああ。
マモル　いつ気付いたんだよ？　お袋さんだって。

ダイゴ　んー……強いて言うなら、一発目かな。
マモル　えっ、最初の電話の時？
ダイゴ　んー……確信はなかったけどな、なんとなくな。
マモル　そっか。
ダイゴ　声がな……記憶の中の声と似てたから……。
マモル　……そっか。
ダイゴ　ああ。
マモル　じゃあ……なんで、金取ったんだよ。
ダイゴ　……なんでだろうな。
マモル　そうだよ、意味不明。
ダイゴ　あー、最初はよ……ただ……確認しようと思ったんだよ。
マモル　何を？
ダイゴ　いや……ホントに、おふくろなのかなって。
マモル　うん。
ダイゴ　……んで、電話したんだけどよ……何しゃべっていいかわかんねぇんだよ。
マモル　……。
ダイゴ　だって、俺四歳の時だからよ、離れたの。どうやって話したらいいかわかんねぇだろ？

なんて呼んだらいいかもわからねぇし。
マモル　ああ。
ダイゴ　だから、とっさに出たんだよ。金に困ってるって。
マモル　ああ。
ダイゴ　台本に書いてあった通りに言っただけなんだよ。会社の金使い込んだって。明日監査が入るから、それまでに穴埋めしないと逮捕されるって。
マモル　ああ。
ダイゴ　そしたら次の日すぐ振り込まれたろ？
マモル　ああ。
ダイゴ　口座の名義が俺の名前じゃないのもよ、上司の口座だからって言ったら、簡単に信じるしよ。
マモル　ああ。
ダイゴ　なんなんだと思ってよ。こんなに簡単に騙せるのかってな。
マモル　……。
ダイゴ　親って、子供のこと、こんなに簡単に信じるんだってな。
マモル　……。
ダイゴ　まぁ……そんな感じだ。

マモル　……何回もやったのは？
ダイゴ　んー……。
マモル　金が欲しかったからじゃねぇだろ？
ダイゴ　うーん……そうじゃねぇよな。
マモル　じゃぁ、なんでだ？
ダイゴ　うーん……聞きたい？
マモル　だって、全然わかんねぇから。なんでなのか。
ダイゴ　湿っぽいぜ、この話。
マモル　いいよ。
ダイゴ　あー、話がしたかったんだよ……おふくろと。
マモル　……。
ダイゴ　特に何をって訳でもないんだけどよ。ただ、話をな、したかったんだよ。
マモル　そっか。
ダイゴ　でもな……話せねぇんだよ、なんにも。何度電話してもよ……何話していいかわかんねぇんだよ……歴史がないから。一緒に過ごしたっていう……時間がないから。だから、いっつも金の話するしかなかったんだよ……。
マモル　……そっか。

ダイゴ　ああ。
マモル　まぁ、なんとなくわかるな。
ダイゴ　わかるか？
マモル　なんとなくな。
ダイゴ　……マモル。
マモル　ん？
ダイゴ　もうちょっとしていい？　クサい話。
マモル　いいよ。
ダイゴ　振り込んでくる金がな……そのまんま……俺への、愛の証って言うかな……そんな風に思ったりしてな……どこまで続くんだろうみたいな……あと何回……あといくら……この愛が続くんだろう、みたいな……実際は、愛なんてなくてよ、ただの……罪悪感だけだったかもしれないけどな……。
マモル　いや……愛だろ、それは。
ダイゴ　まぁ……わかんねぇよ、実際。
マモル　……愛だろ。
ダイゴ　いや、わかんねぇ。
マモル　……そっか。

ユウジ、台本を読んでいる。

ユウジ　これいいじゃん。
オザワ　なんだ？
ユウジ　いいこと……思いついちゃったぜ。

ユウジ、携帯を取り出し、ノートを見ながら電話を掛ける。

ユウジ　……あ、もしもし。サトシ君のお母様でしょうか。突然のお電話恐縮です。私、サトシ君の会社で経理部長を担当しております、加藤と申します。ええ……この度は、サトシ君のために、いろいろとご協力いただきまして、ありがとうございます。あのー……実は、ちょっと新たに問題が発生いたしまして、お電話差し上げた次第なのですが……。

公園の二人。

マモル　どうする？　これから。

ダイゴ　今日はもう、戻んなくていいだろ。
マモル　ああ。
ダイゴ　明日もう一回、きちんと話するわ。
マモル　ああ。じゃ、飯食って帰るか。
ダイゴ　何食う?
マモル　いいよ、なんでも。
ダイゴ　たまには豪華にいくか、金入ったし。
マモル　……いや、いいわ、普通で。
ダイゴ　そうか。

行きかけるダイゴ。

マモル　ダイゴよ。
ダイゴ　あ?
マモル　……愛って、なんだ?
ダイゴ　……なんだってなんだ?
マモル　俺は……愛が、わからない。

アジト。

ユウジ　はい……では、急いでいただけますか？　はい、三時までにお願いできますでしょうか？　ええ……それで……すべて終わりにできますから。はい……では、よろしくお願いいたします。はい……失礼いたします。

電話を切るユウジ、満面の笑み。

ユウジ　どうよオザワ、俺のスーパーナチュラリズム。
オザワ　……。

翌日。アジト。

ダイゴ　てめぇこのやろう……。
ユウジ　おめぇよ、なにムキになってんだよ。
ダイゴ　勝手なことしやがって。

ユウジ　もうこれで終わりにするって言ってんだろうが。
ダイゴ　昨日あんだけ言っただろうが。
ユウジ　おめぇがだらしねぇから、俺が代わりに引っ張ってやったんじゃねぇかよ。感謝してもらいてぇよ、マジで。
ダイゴ　なんでだよ……なんでわざわざ、俺の親からなんだよ。……他にいくらでもいるじゃねぇかよ。
ユウジ　取れるとこから、絞り取るってのが鉄則なんだよ。
ダイゴ　なにが鉄則だよ。ヤミ金じゃねぇんだぞ、ここは。
ユウジ　同じだろ。仕事なんだからよ。
ダイゴ　もう……ほんと……頼むわ。狂ってんだろ、こんなこと。
ユウジ　狂ってんのは、お前の方だ。カモが目の前にいるのによー。急に弱気になりやがってよー。
ダイゴ　カモじゃねぇだろ、カモじゃ……お前、もう、マジで死んでくれよ。
ユウジ　お前よ、俺に向かって死ねとか言ってんじゃねぇよ。
ダイゴ　もうこれ以上、どこ叩いても出てこないって言ってたんだよ。もう借金して振り込んでるって言ってたんだよ。
ユウジ　借金までして息子に仕送りしてくれるなんてよ、いい親持って幸せだなぁ。
ダイゴ　だから、仕送りじゃねぇだろ、仕送りじゃ。

ユウジ　おい。なんなら、昔のツテでヤミ金紹介してやろうか。そしたら、まだまだ絞れるからなぁ。
ダイゴ　てめぇ……。
ユウジ　おいマモル、お前がカード持ってんだろ、下ろして来い、すぐ。
マモル　は？
ユウジ　は、じゃねぇよ、早く行けよ。
マモル　お前、なに俺に命令してんだよ。
ユウジ　てめぇ、なに俺に逆らってんだよ。
マモル　バカじゃねぇの。
ユウジ　行けっつってんだろ。
マモル　やなこった。
ユウジ　殺すぞコラ。
マモル　やってみろや。

ユウジに向かっていくマモル。
ユウジ、銃を抜く。

ユウジ　ふざけんじゃねぇぞ、こら。

一同、あわててユウジから離れる。

マモル　うお、おい、なにやってんだ、てめぇ。
ユウジ　おい、なに俺に逆らってんだよ。
マモル　うわ、危ねぇ。
ユウジ　言っとくけど、これホンモンだからな。
マモル　お前、キチガイかよ。
ユウジ　キチガイとか言ってんじゃねぇよ、てめぇ。
マモル　うわ！　わかったよ、わかったからそれ下ろせって。
ユウジ　お前、俺に逆らってんじゃねぇよ。
ダイゴ　おい、やめろって。
ユウジ　黙って聞いてりゃ、勝手なことばっかり言いやがってよー。ゴチャゴチャ言ってると、マジでぶっ放すぞ。
ダイゴ　うお、危ねぇって、だから。
ユウジ　おい、ダイゴ。てめぇ、なんでこんなのとツルんでんだよ。

ダイゴ　わかったから、まずそれ下ろせって。
ユウジ　もっと気合い入ってただろうが、昔は。
ダイゴ　わかったたって、下ろせって。
ユウジ　だから、動くんじゃねぇ！

動けない三人。

ユウジ　母親だろうがなんだろうがよー、金のあるところから引っ張って何が悪《わり》ぃんだよ。金持ってる奴が、困ってる奴を助けんのは当たり前じゃねぇかよ。お前だって、昔は親のこと憎んでたじゃねぇかよ。急に親への愛とか芽生えちゃってんじゃねぇよ。お前らしくねぇよ、マジ気持ち悪ぃよ、お前。
三人　……。
ユウジ　金が必要なんだよ、俺は。お前も知ってんだろーが。すげー、マジですげーおっかねぇんだよ、やくざってよー。ぜってー許してくれねぇんだよ。一千万持ってかねぇと、許してくれねぇの。友達だろ、俺ら。そうだよ、友達だよ。こんなに友達が困ってんだからよー、ちっとは協力してくれたっていいじゃねぇかよー。
三人　……。

ユウジ　こんなもん、だまされる方が悪いに決まってんだろうが。金が大事だったら、振り込んで来なきゃいいだけの話だろうが。お前だってよ、自分のこと捨てた母親のためによー、なにそんなにムキになってんだよ、ああ？

ダイゴ　てめぇ……。

ユウジに、背後から近づいていくオザワ。

ユウジ　その金だってよー、お前ら兄弟捨ててよー、女一人で貯め込んできた金だろうがよ。大体想像つくだろうが。どうせそんなきれいな金じゃねぇだろうが。どうせ体でも売って稼いだ金だろ……。

背後からオザワがユウジにナイフを突き刺している。
時が止まる。
ゆっくり振り返るユウジ。

ユウジ　オザワ……てめぇ。

童謡『お母さん』がゆっくりと流れ出す。

以下の動きは、歌とともにスローモーションで行われる。


「〽おかあさん」

オザワがナイフを抜く。

オザワに銃を向けるユウジ。

「〽なあに」

「〽おかあさんて　いいにおい」

ユウジに飛びかかるマモル。

「〽せんたくしていた　においでしょ」

マモルを振り払うユウジ。

「〽しゃぼんの　あわの　においでしょ」

ダイゴ、ユウジに飛びかかる。

「〽おかあさん」

もつれあい、倒れ込む二人。

「〽なあに」

銃を奪おうとするダイゴ。もみあう二人。

「〽おかあさんて　いいにおい」

発砲。

「〽おりょうりしていた　においでしょ」

撃たれたのはユウジ。

「〽たまごやきの　においでしょ」

時が戻る。

ユウジ、死んでいる。

三人　……。
ユウジの死体を見下ろし、立ちつくす三人。
マモル　……どうすんだ、これ。
ダイゴ　……なにやってんだよ。
オザワ　……。
ダイゴ　刺すことはねぇだろう、オザワ。

マモル　……どうすんだ。
ダイゴ　こいつ、本気で撃とうなんて思ってなかった。
マモル　ダイゴ。
ダイゴ　なんで刺したんだよ。
マモル　どうすんだ、ダイゴ。
ダイゴ　オザワ！

沈黙の中、立ちつくす三人。
やがて口を開くオザワ。

オザワ　……俺にも……兄貴がいてよ……。
ダイゴ　……あ？
オザワ　もう四十過ぎてんだけどな。
ダイゴ　なに言ってんだ、お前。
オザワ　生まれつき、重度の知的障害があるんだよ。
ダイゴ　はあ？
マモル　今、そんな話してる時じゃねぇだろが。

オザワ　……まあ……聞いてくれよ。

二人　……。

オザワ　歩けない、しゃべれない、自分じゃ飯も食えない。だから、産まれてからずっと、どこにいくのも、何をするのも、親がかりだ。親にしてみたらな、自分たちが生きてる間は、ずっと面倒見ていくにしてもな、自分たちが死んだら、この子、どうなるんだろうって、思うだろ。たぶん、一生結婚もできない。だからな、いずれ自分たちが死んだ後に困らないようにって、介護施設とか、グループホームとか、そういうところ入れるために、こつこつ……貯金してたんだな。その金をな……根こそぎ、やられたんだ、オレオレ詐欺に。七年前、俺の名前騙って電話してきた奴がな、会社の金使い込んだって。必ず返すから五十万貸してくれないか。実は、まだあるんだ、もう七十万。会社にバレた、示談に二百万必要だ。繰り返し繰り返しだまし取られた額が……六百万だ。詐欺だってわかった日な……飛び降りたよ、おふくろ、マンションの屋上から。騙された私が悪いって書き置き遺して。その頃は、警察もまだ本腰入れて捜査してなくてよ……逮捕は難しいって言ったよ。ただ、防犯カメラの映像で、ＡＴＭで現金引き出した人間の顔だけはわかりますって。二人の男が、交互に引き出してますって。何度も頼み込んで、その写真見せてもらったわ……。

オザワ、懐から二枚の写真を取り出す。

ダイゴとマモル、写真を手に取る。
それは、ユウジとダイゴの写真。
驚きの表情を浮かべる二人。

オザワ　そうだ。こいつと……お前だ。
二人　……。
オザワ　七年間探し続けて……七年間待ち続けて……やっと、会えた。
ダイゴ　え？　マジ？
オザワ　お前らが殺したんだ。俺のおふくろを。
ダイゴ　いや……ちょっと、待ってくれよ。
オザワ　お前が殺したんだ。

床に落ちている拳銃を拾い上げるオザワ。
その銃をゆっくりとダイゴに向ける。

ダイゴ　え？
オザワ　死んでおふくろに詫びろ。

ダイゴ　ちょ、ちょっと待てって！

オザワ　……。

ダイゴ　いやいやいやいや、お、俺は、ただ引き出しただけだろ？

オザワ　……。

ダイゴ　えーーー？　つーか、マジで俺？　これ。

オザワ　……。

ダイゴ　似てるだけだって！　俺じゃねぇって！　ほら！

オザワ　……。

ダイゴ　メガネしてるし！　帽子被ってるし！　ほら、違うって！

オザワ　……ふざけんじゃねぇぞ。

ダイゴ　待てって！　ごめんなさい！　待ってください！　お、俺はただの出し子だったんだぜ！
バイトでやってたんだ。おふくろさん騙したのは、俺じゃない！

オザワ　お前が金を引き出さなければ、おふくろが死ぬことはなかった。

ダイゴ　いや、そんな！　バイトなんだ！　バイト！　ただの！　一回二万でやってただけなんだ！　俺がやらなくても、誰か別の奴がやってたんだ。俺がやらなくっても……同じことだった！

オザワ　お前……本気でそう思ってるのか。

ひざまずくダイゴ。

ダイゴ　悪かったよ……悪かったから……頼むよ……撃たないでくれよ……頼むよ……。

オザワ　ＡＴＭの前で……お前が引き出そうとしている金がどういう金なのか……少しでも考えることがあったか?……ＡＴＭの向こう側の人間が……どんな思いで貯めた金なのか……少しでも考えることがあったか?……向こう側の人間の人生を……少しでも考えることがあったか?

ダイゴ　頼むよ……悪かったよ……悪かったよ……撃たないでくれよ……頼むよ……頼むよ……。

オザワ　おふくろの苦しみがわかるか……俺ら家族の苦しみがわかるか……お前の体が千切れるほど後悔し続けてくれ……死んでもおふくろに謝り続けてくれ。

泣き崩れるオザワ。

オザワの咆哮が響く……。

暗転。

明かりがつくと、オザワは冒頭の取調室。

他の三人は、前場の数時間後。
ダイゴとマモル、座り込んでいる。

ダイゴ　……生き返らねぇかな、ユウジ。
マモル　……。
ダイゴ　こいつ……そんなに悪い奴じゃなかった。
マモル　……。
ダイゴ　俺は……割と気が合ったんだ。
マモル　ああ。
ダイゴ　死ななきゃならないほど、悪い奴じゃなかった。
マモル　ああ。
ダイゴ　……あいつ……撃たなかったな、俺のこと。
マモル　ああ。
ダイゴ　なんでだろうな。
マモル　ああ。
ダイゴ　なんで撃たなかったんだろうな。

マモル　……。
ダイゴ　会いたかったなぁ……おふくろに。
マモル　会いに行こう。
ダイゴ　はは……どの面下げて。
マモル　……羨ましいよ。ダイゴが。
ダイゴ　なんで。
マモル　おふくろさんと、話できて。
ダイゴ　そっか。
マモル　ああ。俺は……絶対に無理だから。
ダイゴ　……朝になったら。
マモル　ん？
ダイゴ　警察行くわ。
マモル　ああ。
ダイゴ　ガールズバー、やれなくなっちまったな。
マモル　待ってるよ、お前が出てくるまで。
ダイゴ　ほんとか？
マモル　ああ、デカパイ適当に見繕っとくわ。

ダイゴ　ああ。
マモル　わけねぇよ、そんなの。
ダイゴ　……マモル。
マモル　ん？
ダイゴ　……俺、こえーわ。
マモル　……一緒に行ってやるよ、俺も。
ダイゴ　……頼むわ。
マモル　ああ。

警察署、取調室。

オザワ　はい……こんなところです……もう、話せることは、大体話しました……はい？……はいい……なんでしょう？　ああ……名簿……。さあ、どうですかねぇ……単なる偶然なのか……俺が紛れ込ませたのか……もう、今となっては……どうでもいいことでね……。でも、どっちにしてもね、刑事さん……一発で引き当てたの……あいつですからね。二万件の中から……一発で……なんか……あるんですかね……そういうの……。

ダイゴとマモル

マモル　ダイゴよ。
ダイゴ　ん？
マモル　……眠くなってきたわ、俺。
ダイゴ　眠ったらいい。
マモル　ああ、少しだけ、寝るわ。
ダイゴ　……ああ。

横になるマモル。

マモル　ダイゴよ。
ダイゴ　ああ。
マモル　会いに行こうな、おふくろさん。
ダイゴ　……。

眠りにつくマモル。

オザワ　少し……眠ってもいいですか？　あぁ……たまらなく眠たくって……続きは明日また……話しますから……すいません……。

オザワ、横になる。
舞台上、横になっている三人の男たち。
ダイゴ、ぽつりぽつりと話し始める。

ダイゴ　あ……もしもし……お母さん。俺……サトシ……お母さん……いろいろありがとね……うん……全部終わった……お母さんのお陰で……ありがとね……うん……会いに行くよ、そのうち……はは……ダイゴ？　うん……あいつも連れていくよ……あいつさ……いい年こいて、まだふらふらしてるからさ……お母さんからも言ってやってくれよ……ねぇ……お母さん……一つだけさ……ずっと、聞きたかったことがあるんだ……聞いてもいい？　母ちゃん……俺が産まれた時さ……嬉しかった？

カットインする、学校のチャイムの音。
朝日が射してくる。

登校していく子供たちの声。

子供たちの声に混じり、記憶の中の声も聞こえてくる。

「お母さん……」

横になるダイゴ。

遡っていく時間。

「お母さん……」「なあに？」

遡る時間。

「母ちゃん……」

ゆっくり動きだす、四人の男たち。

遡る時間。

ゆっくりと体を丸めていく、四人の男たち。

遡る時間

胎児の姿になっていく男たち。

暗転。

了

SCRAP

『SCRAP』上演に寄せて

〈公演パンフレットより〉

シライケイタ

文化庁委託事業「平成29年度次代の文化を創造する新進芸術家育成事業」
日本の演劇人を育てるプロジェクト　新進演劇人育成公演　劇作家部門
２０１７年7月1日〜17日　Space 早稲田

「ここらの人間はみんな済州島出身やで」

この作品を書くための取材旅行中、かつてアパッチ部落と呼ばれた場所にある店でビールを飲みながら、常連客の一人から聞いた言葉です。

この言葉からすべてが始まりました。

東京に戻り資料にあたり、初めて「済州島四・三事件」のことを知りました。

国による、済州島民に対する大虐殺事件から、命がけで大阪に逃れてきた彼らの存在を知り、アパッチ族に対するイメージがグルリと変わりました。

「居場所を探している人たちの物語」として書く覚悟を決めた瞬間です。

この一点で、現在を生きる我々と彼らは繋がることができると思ったのです。

最近よく「何故韓国関連の芝居を作るのか」と聞かれます。

いつも答えに困ります。

「あなたは何故生きているのか？」という問いかけに答えるのが難しい様に。

強いて言うなら、「出会ってしまったから」。

出会い、好きになった人たちのルーツやものの考え方を知りたいと思うのは、恋愛と同じです。相手が何を考え、どのように世界を見ているのか、想像する行為こそが、「書く」そして「演じる」ということなのだと思うのです。

人間にしかできないこの行為の先に、希望の光が射すと信じたいのです。

登場人物

ヒノマル
ブル
パイコ
オヤジ
オクサン
トンチ
グルメ
ハカセ
カカシ
トオル
イップニ
ハル

一九七〇年代半ば。夏。昼下がり。大阪市城東区鴫野《しぎの》西二丁目。

大阪環状線の京橋駅と森ノ宮駅の間（現在は大阪城公園駅が新設されている）にある小さな集落。

ここはかつて、〈アパッチ部落〉と呼ばれた場所……。

古びた一軒のバラック小屋の中に一人の男が入ってくる。ゆっくりと、懐かしむように、部屋の中を見回している。男がしばらくその場に佇んでいると、表で原付バイクの止まる音がする。「なんや、開けっ放しやないか」という声と共に、別の男が入ってくる。

別の男　うぉ、びっくりしたぁ。
男　あ……。
別の男　誰や。
男　いや……。
別の男　人んち、なに勝手に入っとんねん。
男　すまん。鍵開いてたもんで。
別の男　開いてたもんでちゃうやろ。なに勝手に入っとんねん。何しとってん、ここで。
男　いや……。

別の男　……ん？
男　……ん？
別の男　お前……。
男　お前！
別の男　ヒノマルか？
ヒノマル　ブル？　ブルか？
ブル　おー！　ヒノマルや、やっぱりヒノマルや！
ヒノマル　おー！　ブル！　久しぶりだ！

抱きあう二人。

ブル　お前、はよ名前言えや。シバキ倒すとこやったぞ。
ヒノマル　いや、だって、まさかお前がいると思わんぞ。
ブル　何年振りや？
ヒノマル　んー……十……五年か。
ブル　そんなになるか？
ヒノマル　ああ、そうだ。俺がここを離れたのが六〇年だ。

ブル　そうかぁ。十五年かぁ。いやぁ懐かしいなぁ。

再び抱きあう二人。

ヒノマル　なんだか無性に大阪が恋しくなってな、気付いたら新幹線に乗ってた。
ブル　(笑) そうかそうか。東京におるんか?
ヒノマル　ああ。あれからずっと東京だ。
ブル　しゃぁけどお前、変わらんなぁ。
ヒノマル　そうか?　もう四十五だぞ。お前は?
ブル　同い年やろうが。忘れたんか?
ヒノマル　いやいやほら、数えだろ朝鮮は。俺は満で四十五だ。
ブル　その話も散々したやろ昔。で、結局同い年ちゅうことで落ち着いたやんけ。
ヒノマル　(笑) あー、そうだったか。
ブル　結婚は?
ヒノマル　してる。子供も二人。
ブル　ほう、男か女か。
ヒノマル　両方女だ。中二と小六。

ブル　そうか。うちは男が三人や。
ヒノマル　三人も？
ブル　ああ、一番上はカミさんの連れ子やけどな。
ヒノマル　連れ子？
ブル　もう二十六になる。
ヒノマル　ずいぶん大きいな。姉《あね》さん女房か？
ブル　いやいや、同い年や。
ヒノマル　同い年で二十六の子供かぁ。ん？　それは数えか？　満か？
ブル　もうええわ。（笑）
ヒノマル　（笑）
ブル　カミさんもうすぐ帰ってくるわ。
ヒノマル　ほんとか？
ブル　おお。ビックリすんで、会《お》うたら。
ヒノマル　え？　俺の知ってる人か？
ブル　まあな。
ヒノマル　え？　まさか。
ブル　そのまさかや。

ヒノマル　まさか！
ブル　だから、そのまさかやて。
ヒノマル　パイコか？
ブル　パイコ言うな。
ヒノマル　え？　ホントにパイコなのか？
ブル　だからパイコ言うなって。
ヒノマル　パイコかぁ、ほんとにパイコなのかぁ。そりゃたまげた。会えるか？
ブル　だから、もうすぐ帰ってくる言うてるやんけ。同じ職場なんや。
ヒノマル　何やってんだ、仕事は。
ブル　パチンコや。京橋の駅前で。
ヒノマル　パチンコ屋のオーナーか？
ブル　まさか。オーナーやったらこんなとこ住んでへんわ。
ヒノマル　ははは。
ブル　オーナーは、ほら、一本向こうの筋に住んどった山本組の親分さんや。
ヒノマル　おう、覚えてるよ。山本の親分。
ブル　アパッチで儲けた金でパチンコ屋オープンしよってん。
ヒノマル　ほう、大出世だな。

ブル　山本さんに拾うてもろて、俺はホールの責任者やらしてもろとる。カミさんは景品交換所や。せや、交換所の責任者はハルさんやで。

ヒノマル　ハルさん！　ハルさんもいるのか？

ブル　もうここには住んでへんけどな。猪飼野《いかいの》に引っ越した。せやせや、猪飼野って地名のうなってんで。

ヒノマル　そうなのか？

ブル　ああ、去年やったかな。生野《いくの》区ってなっとるわ、今。

ヒノマル　そうかぁ、ハルさんまだ景品交換やってんのかぁ。

ブル　ああ、今は晴れて合法や。あの頃はよう警察に引っ張られとったけどな。

ヒノマル　(笑)そうだったな。

ブル　ハルさんの粘り勝ちや。ハルさんの執念が景品交換、合法にしたんや。

ヒノマル　(笑)いやぁ、懐かしいなぁ。

ブル　飯まだやろ？　食おうや、大したもんないけど。

ヒノマル　いいのか？

ブル　おう、俺も今からや。仕事場近いからな、昼飯食いに帰ってくるんやわ、いつも。

ヒノマル　あれからずっとここに住んでんのか？

ブル　おおそうやで。今、ここ俺んちや。

ヒノマル　お前んち？　オヤジさんたちは？
ブル　帰ったわ。家族三人で。
ヒノマル　帰った？　島にか？
ブル　北や、北。北朝鮮。
ヒノマル　ホントかよ。
ブル　ああ。
ヒノマル　いつ？
ブル　お前が出て、割とすぐやぞ。
ヒノマル　……それはビックリだ。
ブル　そうやろ。
ヒノマル　ああ……。帰ったっていうから、てっきり……。何て言ったか、お前たちの故郷の島。
ブル　ああ、済州島《チェジュド》か。済州島《さいしゅうとう》な。
ヒノマル　そうそう、済州島《さいしゅうとう》。
ブル　帰られへんよ。
ヒノマル　そうか。
ブル　恐ろしゅうて、よう帰らん。
ヒノマル　……。

ブル　もし帰っても、堂々と生きられへん。
ヒノマル　……。
ブル　北のスパイかと思われんねんて。
ヒノマル　……。
ブル　日本はほら、総連の方が強いやろ、民団より。
ヒノマル　……。
ブル　在日は、みんな「アカ」やと思われとる。
ヒノマル　……。

沈黙。

ブル　変わらんやろ、アパッチ部落は。
ヒノマル　ああ。ここだけ時間が止まってるみたいだ。
ブル　行ったたか？　大阪城の辺り。
ヒノマル　おー！　ビックリしたわ、あんな綺麗な公園になって。
ブル　跡形もないやろ、あの頃の。
ヒノマル　大量のスクラップどこいったんだ？

ブル　全部埋まっとるらしいわ、地面の下に。
ヒノマル　埋まってる?
ブル　おお、隠したんや、戦争の記憶と一緒にな。
ヒノマル　……。
ブル　公園中探しても、兵器工場跡なんてどこにも書いてへん。
ヒノマル　そうか。
ブル　ああ。陸軍の、すべての大砲があっこで作られてたなんて、もう誰も知らん。
ヒノマル　……。
ブル　歴史は、こうやって隠されていくんや。自分らに都合の悪い歴史はな。
ヒノマル　……。

表で原付バイクの止まる音。

ブル　お、帰ってきた。
ヒノマル　パイコか?
ブル　だからパイコ言うなって。

パイコ、入ってくる。

パイコ　誰？
ヒノマル　パイコ。
パイコ　え？　ヒノマル？　ヒノマル？　もしかしてヒノマル？
ヒノマル　ああ。久しぶりだなぁ、パイコ。
パイコ　ヒノマルや。ホンマにヒノマルや！

抱きあう二人。

ヒノマル　ビックリしたぞ、二人が夫婦になってるなんて。
パイコ　そうやろ？　この人に、どうしても一緒になってくれって泣きつかれてな。
ブル　うるさいわ。
パイコ　いやぁ、懐かしいわぁ。いやぁ、ホンマにヒノマルやわぁ。
ブル　取りあえず座ろうや。ほれ。

と、床下から一升瓶のマッコリを取り出す。

ヒノマル　お、密造マッコリか！
ブル　密造言うな。自家製言うてくれ。
ヒノマル　密造は密造やろうが。
ブル　オクサンから教えてもろた秘伝の味やで。
ヒノマル　(笑) 隠し場所まで一緒だ。
ブル　別に隠さんでもええねんけどな、なんとなくな。
ヒノマル　いやいや隠しとけ、バレたら捕まるぞ。
ブル　いや、法律変わったやろ。自分で飲む分には合法やろ。
ヒノマル　そんな法律はねえ。
ブル　そうか？　アパッチ部落だけの特例か？
ヒノマル　アホか！
ブル　(笑) まあええわ。飲も飲も。
ヒノマル　いいのかよ、午後も仕事だろ？
ブル　休む休む。
パイコ　私も。
ヒノマル　大丈夫かよ。

ブル　大丈夫やって、責任者やぞ。
パイコ　ヒノマルが来てんねやから。
ヒノマル　おいおい。
ブル　まあまあ。

マッコリ用のアルマイトのコップに、お互い酒を注ぎあう。

ブル　じゃ、（乾杯しようと）
ヒノマル　待て、
ブル　なんや。
ヒノマル　今日は何日だ。
ブル　ん？　何日や？
パイコ　七日？
ヒノマル　そうだ。七日だ。今日は七夕だ。
ブル　ああ。
パイコ　……あ。
ブル　ん？

ヒノマル　思い出したか？
パイコ　うん。
ブル　なんやねん？
ヒノマル　命日だ……二人の。
ブル　……そうやったか？　今日やったか？
パイコ　……そうや、七夕やった。
ブル　ヒノマルお前、よう覚えとったな。
ヒノマル　毎年七夕になると思い出す。
ブル　……献杯やな、二人に。
ヒノマル　朝鮮語で献杯って何て言うんだ？
ブル　献杯とは言わんな。
パイコ　そうやな。特になんも言わへんな。
ヒノマル　そうか。じゃ、ここは日本式に献杯でいいか。
ブル　おお。献杯や。
ヒノマル　じゃ、トンチと、カカシはんに……献杯。
パイコ　……献杯。
ブル　……献杯。

三人が酒をゆっくりと飲み干していく。ヒノマル、部屋を見回し、

ヒノマル　こんなに狭かったか?
ブル　こんなもんやで。
ヒノマル　よくここにあんな人数寝泊まりしてたな。
ブル　ホンマやな。

時は遡っていく。トンチ、ハカセ、カカシ、グルメ、イップニ、オヤジ、オクサン、トオルが現れる。カカシは松葉杖をついている。

パイコ　懐かしいなぁ。
ヒノマル　懐かしいなぁ。
ブル　ホンマやなぁ。

アパッチ部落は、住人のほとんどが朝鮮人である。百軒ほどのバラック小屋が、互いに支えあうようにして建っている。住人の数は八百人とも言われているが、誰も正確な数は知らな

い。路地は狭く複雑に入り組んでいる。汗と、ボットン便所の糞便と、尿と、密造マッコリと、道端の吐瀉物と、ニンニクと、キムチと、トンチャン（ホルモン焼き）の煙と、そうした一切合切の入り混じった臭いが充満している。終始怒鳴りあう夫婦の声、赤ん坊の泣き声、喧嘩の叫び声、そしてすぐ脇を走る城東線（現・大阪環状線）の電車の走る音が、この部落の騒々しさを倍増させている。この集落全体が、まるで一つの生き物のような、そんな荒々しいエネルギーに満ち溢れている。このアパッチ部落の奥深くに、一軒の下宿屋がある。やはりバラック造りだが、他と比べてかなり大きな建物だ。ベニヤとトタンを継ぎはぎして増築に増築を重ねた二階建てである。一階が大部屋になっており、下宿人たちが寝泊まりしている。二階にはこの家の主人である金本一家（オヤジ、オクサン、息子のトオル）が住んでいる。部屋の隅には、手鉤、カナテコ、チェーンブロック、大ハンマー、ツルハシ、ロープ、カナノコ等の道具が散らかっている。

一九五九年、春。夕方。

オヤジが新入りのヒノマルに仕事の説明をしている。オクサンは食事の支度。それを手伝う者。七輪の炭をおこす者。すでにマッコリを飲んでいる者。トンチはタレの調合。

オヤジ　寝泊まりはここ。食うのもここ。みんなで雑魚寝や。

ヒノマル　はい。

オヤジ　宿賃は、一日二百円。三食付き。
ヒノマル　はい。
オヤジ　毎日の分け前の中から、二百円引いて渡すから、いちいち支払いのこと考えんでええ。
ヒノマル　はい。
オヤジ　マッコリは一杯十円。こん中に（器）十円入れれば、好きに飲んでええ。
ヒノマル　はい。
オヤジ　マッコリとキムチはカミさんの手作り。
ヒノマル　はい。
オクサン　メッチャ美味いで！
オヤジ　二階は、俺ら家族の居住スペースに付き、立ち入り禁止。
ヒノマル　はい。
オヤジ　ヒロポンは禁止。
ヒノマル　はい。
オヤジ　まあ、この下宿のルール言うたらこんなもんや。
ヒノマル　はい。
オクサン　アパッチ部落には何人か親分さんがおるけどな、うちが一番自由が利くで。うるさいことなんも言わんからな。

ヒノマル　はい。
オヤジ　力仕事の経験は？
ヒノマル　山谷でずっとニコヨンやってた。
オヤジ　ほう、ほんなら即戦力やな。
ブル　山谷《さんや》？　東京から来たん？
ヒノマル　ああ。
トンチ　兄さん、日本人か？
ヒノマル　ああそうだ。
トンチ　珍しいな。アパッチもワールドワイドの時代やな。
グルメ　ちゅうこえんこちっせんって言えるか？
ヒノマル　ん？
グルメ　ちゅうこえんこちっせん。
ヒノマル　十五円五十銭か？
一同　おー！
トンチ　もう一回、もう一回言うてくれ。
ヒノマル　十五円五十銭。
一同　（異常な盛り上がり）おー！

トンチ　ホンマや、ホンマに日本人やわ。
グルメ　朝鮮人、よう言わんわ。
ブル　日本人が、なんでまたわざわざこんなとこ？
ヒノマル　一晩で一万円稼げるらしいな。新聞で読んだ。
ブル　（笑）それは相当の大物笑《わろ》うた日やな。
ヒノマル　そうか。
トンチ　二、三千円稼げたらええ方か？
ブル　手ぶらの日もあるで。
グルメ　拾うスクラップの種類によって値段が変わるんよ。鉄なら貫目二十円。銅なら三十円とかな。スズだと物凄いらしいな、なあハカセはん、なんぼ？
ハカセ　わからんけど、貫目百円は下らんやろ。
トンチ　百円！
ハカセ　銀《しろがね》だともっと凄いらしいな、ハカセはん、なんぼ？
グルメ　銀やろ、わからんけど、貫目一万円くらい行くんちゃう？
ハカセ　一万円！　一万円やって！　十貫で十万円、百貫で百万円やで！
トンチ　やかましいわ。なんで兵器工場に銀が埋まっとんねん。百貫の銀てどんだけやねん。ある
ブル　わけないやろ、アホか。

トンチ　埋まっとるって。なあ、カカシはん。
カカシ　いやあ、どうやろなぁ。俺は見たことないなぁ。
トンチ　埋まっとるって。だってこないだオタキ婆さんが笑うた言うてたもん。
グルメ　笑うたって、銀をか？
トンチ　そうやで、（手で大きさを示し）こんくらいの塊で五万円だか六万円だかって言うてたで。
グルメ　ホンマか？
トンチ　ホンマやで、婆さんに聞いたんやもん。
オヤジ　まあ、夢は大きくな。
トンチ　そうやで、ホンマやで。
オヤジ　最近はしょっちゅう警察の手入れがあってな、前みたいに自由が利かへん。
ブル　前は昼に入っとったけど、今は夜や。
オヤジ　しゃあから夕方までは自由にしてくれてええ。寝てようが、パチンコ行こうが、女買いに行こうが自由や。で、こうやって夕方くらいになんとなく集まって、作戦会議や。ハカセ、仕事内容説明したって。
ハカセ　ほいきた。
オヤジ　食いながらやろか。今日は歓迎会やからな、トンチャンたっぷり用意したさかい、食ってくれ。トンチ、ええ焼き加減で頼むで。

トンチ　任しといて～。今日のタレもええ感じやで～。オモニの味やで～。

トンチはトンチャンを焼き始める。部屋の中には、ホルモン焼きの匂いが充満してくる。

ハカセ　仕事の説明って、どっからやります？

オヤジ　イロハのイからや。わざわざ東京から来はったんやから。

ハカセ　イロハのイな。そもそもな、あ、そもそもってどういう意味かわかるか？　基本的にって意味もあんねんて。

ブル　ええから。

ハカセ　そもそもな、何をするかいうとな、スクラップを拾うわけや。これを俺らは「笑う」言うねんな。

グルメ　今日は何貫笑うたわ、とかな。今夜はこいつを笑てこまそ、とかな。そういう使い方や。

ハカセ　どこで笑うかいうたらな、城東線の線路の向こう側の廃墟な、大阪城のとこな、あっこに入るんや。

ヒノマル　ああ、電車の中から見た。

ハカセ　昼間でも気持ち悪いやろ、草ぼうぼうで錆びた鉄骨だらけでな。

トンチ　三十五万坪やで、三十五万坪。

グルメ　前は兵器工場やってんて。アジア最大の。な、カカシはん。
カカシ　ああ。
グルメ　日本の陸軍の大砲な、全部あっこで作ってたんやて。な、カカシはん。
カカシ　ああ。
トンチ　あかん、焦げる。トオル、お前なに見てんねん、手伝えや。
トオル　あ、はい。（手伝う）
トンチ　もう食えるで〜。

めいめいトンチャンに手を伸ばす。
皆口々に「うまい」など。

ブル　トンチのタレは絶品やな、やっぱり。
トンチ　オモニの味やで〜。
グルメ　今日はちょっと甘いな。
トンチ　そうや、ようわかったな。
グルメ　俺の舌を舐めるなよ。
トンチ　兄さんのために、ちょっと日本風にしたんや。

ブル　あんたも食え。

ヒノマル　いただきます。

ヒノマル、食べ始める。

グルメ　ほんでな、カカシはんは、あん中で働いとったんや。な。

カカシ　ああ。武器は作らへんけどな、工場ん中あっちこっちいろんなもん運んでな。

グルメ　そんで、あそこで大空襲にあったんやて。解放の前の日にな。

ヒノマル　解放？

ブル　終戦や。俺らは終戦やのうて、解放言うんや。朝鮮民族が日本の植民地支配から解放された日や。

ヒノマル　……。

カカシ　ああ。物凄い空襲やった。何百人も死んだ。俺も、このざまや。

トンチ　掘ってたら、しょっちゅう人の骨、出てくんで。

ヒノマル　……。

ブル　その空襲で、兵器工場は壊滅。そんで後には鉄屑スクラップだけが残ったっちゅうわけや。

ヒノマル　なるほど。

ハカセ　あっこに入る方法やけどな、三つルートがあんねん。よう覚えとき。
ヒノマル　ああ。
ハカセ　一つ目は、弁天橋。これがいっちゃん簡単や。大八引っ張ってって、ブツ載っけて帰ってくるだけや。
グルメ　しゃぁけどな、弁天橋渡ったとこに守衛室があんねん。
ハカセ　最近厳しなって、ほとんど使えん。二つ目のルートは城東線の線路や。部落出たとこから鉄橋上って、線路の上歩くんや。これは気い付けや。デカいブツ持ってる時は危ないで。鉄橋渡りきるまで逃げるとこないから、電車が来たらお陀仏や。三つ目が平野川。
ヒノマル　泳ぐのか？
グルメ　アホか。ヘドロ浮いてんねんで。あんな臭い川泳げるか。死んでまうわ。
ブル　前に警察から逃げようとして飛び込んで、死んだ奴がおったわ。
トンチ　船や。伝馬船使って出入りするんや。欲張ると沈むけどな。
ハカセ　この三つや。臨機応変に使い分けるんや。一人で素早く動ける時は弁天橋でも線路でもかまわん。トンチは三十貫のブツ担いで守衛の前、風みたいに走り抜けよる。
トンチ　まあな。
ブル　最近は船が多いな。カカシはんが伝馬船漕いでくれはる。そんで朝まで向こう岸で待機してくれはるから、明け方ブツ載せて帰ってくる。こういうこっちゃ。

カカシ　俺は船の上で寝てるだけや。楽さしてもろうてますわ。

オヤジ　まあ、やってくうちに覚えるやろ。名前決めなあかんな。うちは皆あだ名付けるんや。一人ずつ紹介していこか。これ、女房な。オクサンて呼んでるわみんな。

オクサン　オクサンでもオモニでもどっちでもええ。呼びやすい方でな。

オヤジ　これが倅のトオル。ほれ、挨拶せぇ。

トオル　あ、トオルです。よろしゅう頼んます。

オヤジ　トオルは日本生まれの日本育ちや。一九歳。アパッチ修行中や。まだちょっと頼りないから、シケ張りやらしとる。

ヒノマル　シケ張り？

オヤジ　見張りのことや。こっちの土手に立って、ポリ公が見えたら大声で叫ぶんや。ケノムワッター！　って。ケノムワッター！　意味わかるか？

ヒノマル　いや。

オヤジ　犬が来たで〜って意味や。他の組もシケ張り立たせとるさかい、ケノムワッターの大合唱や。最近は三日に一回くらいはポリ来るで。そんでこれがブル。ブルドーザーのブルや。

ヒノマル　いくつや？

ブル　三十一ですよ。

オヤジ　嘘こけ！　三十一でそんなハゲとるわけないやろ。

ブル　ホンマですよ。
ヒノマル　じゃ一つ上だな、俺の。
ブル　おーそうか。ん？　いや、数えで三十一やから、満やと三十ですわ。
オヤジ　若返っとるやないかい！
ヒノマル　じゃあ同い年ですわ。
オヤジ　まあええわ。ブルはアパッチ部落一の怪力や。ブルにかかったら、どんなブツでもチャンチャンや。まあ仕事のことでわからんことあったら、ブルに聞いたらええ。そんでこれがトンチ。トンチャンのタレ作りの天才。それでトンチや。
トンチ　オモニの味やで〜。
オヤジ　トンチは足が速い。部落一の俊足や。ポリに追われても、トンチが囮になってくれんねん。絶対に捕まらん。
トンチ　まあな。
グルメ　あっちも早いで！
トンチ　うるさいわ！
グルメ　飛田新地の姉ちゃんに聞いたで！　特急列車並みやって！
トンチ　アホか！　ジェット機や！　ってなに言わすねん！
オヤジ　やかましい。ほんで、これがハカセな。ハカセは頭がええ。金本組のブレーンや。ＩＱ高《たこ》

ブル　うていつもこう、シュッとスマートな感じや。しゃあからハカセな。
ハカセ　スマートちゃうやろ、別に。
ブル　シュッとしとるやろ、シュッと。
ハカセ　してへんわ！　ピュッ！　としとるわピュッっと。
ブル　ピュッってなんやねん。ピュッって！　ハゲに言われたないわ！
オヤジ　ハゲ関係あらへんやろうが！
トオル　やかましい！　それで、これがカカシはん。カカシはんはなぁ、アパッチ部落の中で唯一、元の工場の中を知ってるお人や。トオル、地図持ってき。
トオル　はい。

トオル、地図を持ってきて広げる。

オヤジ　これが、カカシはんが書いてくれはった、元の砲兵工廠内部の地図や。
カカシ　大ざっぱやで。どの建物にどんな機械があったとか、どんな材料が置いてあったとか、なんとなあくやで。
オヤジ　そう。だからここで、皆の目ぇになってくれてるわけや。今日はここら辺、とか、明日はここら辺、とかな。作戦立ててくれとるわけや。

カカシ　ホンマは一緒に中に入りたいねんけどな、この体じゃ迷惑かけるからな。
オヤジ　いやいや、カカシはんはここで作戦隊長やっとってください。そんで、これがグルメな。
　グルメはめっちゃ舌がええねん。
ヒノマル　舌？
オヤジ　そう、舌。ベロ。
ヒノマル　はあ。
トンチ　今夜見ててみい。ビックリすんで。こう、土をな、土を舐めるんや。
ヒノマル　それはなんで？
トンチ　（グルメに）わかんねんな？
ヒノマル　なにが？
グルメ　まあな。金属からな、すこーしずつ土に溶け出してんねん、金属の成分が。
ヒノマル　はあ。
トンチ　ホンマやんな？
グルメ　まあ、ホンマですね。土を舐めるとね、場所によって味が違うんや。近くに獲物が埋まってる土と、そうでない土と。
オヤジ　凄いやろ？　だから、当てずっぽで掘る必要がないちゅうわけや。無駄を最小限に抑えられるちゅうわけや。

ヒノマル　ほほう。
オヤジ　そんでこれがイップニ。イップニはグルメの妹や。まだ十八や。可哀想に二人には親がおらんくてな、兄弟でアパッチやってるんや。イップニって意味わかるか？
ヒノマル　……いや。
オヤジ　朝鮮語で「かわいこちゃん」いう意味や。
ヒノマル　はあ。
オヤジ　可愛いやろ？
ヒノマル　……。
オヤジ　可愛いやろって。
ヒノマル　（困っている）んー、まあ。
オヤジ　あかんで、手ぇ出したら。イップニは金本組みんなの妹やさかい。
グルメ　いや、俺の妹やって。
オヤジ　国民の妹やさかい。あかんで〜。
グルメ　だから、俺の妹やって。
オヤジ　イップニ見て、何か気付かへんか？
ヒノマル　……いや。
オヤジ　喋ってへんやろ？

ヒノマル　ああ、そう言えば。イップニはな、喋られへんねん。
オヤジ　……。
ヒノマル　……。
イップニ　……。
オヤジ　ま、可愛がったってな。ええ子やで。ほんでこれがパイコ。おっぱいがデカいからパイコな。これで全員か？
パイコ　ちょっと！　ちゃんと紹介してよ！
オヤジ　（笑）冗談や冗談。パイコもイップニもな、れっきとしたアパッチや。イップニの笑顔とパイコのオッパイが、金本組の最終兵器や。
ヒノマル　……はあ。
オヤジ　二人は「当たり屋」いうてな、昼間仕事してもろとる。
ヒノマル　当たり屋？
ブル　カカシはんの地図持って二人で廃墟に入るんや。昼間は危険なことあれへんから、明るいうちにブツの場所を当たっとくちゅうわけや。
パイコ　爆弾で飛び散ってるから、地図通りの場所にあるわけやないんやで。あっちこっち探して、発見したブツに印付けとくねん。木の棒立てて、金本組って書いとくねん。（イップニに）な？

イップニ　（頷く）

トンチ　こうやったら、他の組は手ぇ出せへん。これはアパッチ部落の鉄の掟や。他の組が先に発見したブツ横取りすることだけは許されへん。

ハカセ　あんたも気を付けるこっちゃ。間違《ちご》うて手ぇ出して、知らんかったではすまんからな。気ぃ失うまでボコボコにされんで。ちょっとでも引きずった跡があったり、印付いてたら潔く諦めるこっちゃ。

オヤジ　で、このイップニの笑顔と、パイコのオッパイがどう役に立つかわかるか？

ヒノマル　いや……。

オヤジ　守衛室や。守衛室。

ヒノマル　はあ……。

オヤジ　他の組は、守衛にいくらか握らせて入るわけや。賄賂やな。うちの場合は、イップニの笑顔とパイコのオッパイこそが、まさに賄賂。目の保養。パイコが守衛の目の前でちょっとこうして、イップニが後ろでニコッと笑ってそれでオッケー。余分な出費を省けるちゅうわけや。

ヒノマル　なるほど。

オヤジ　どや、完璧やろ。完璧なチームワークやろ。

ヒノマル　いやほんと、完璧ですね。

オヤジ　そうやろ？　あ、大事なこと忘れとった。分け前のことや。分け前は、その日の売り上げをきっちり均等割りや。

ヒノマル　均等割り。

オヤジ　そう。完全な均等割り。手数料で四割だけ引かしてもらうけどな、残りの六割は皆で完全に均等割りや。これは、当たり屋もシケ張りもカカシはんも、夜の実行部隊もみんな均等割りや。ええな。

ヒノマル　はい。

ブル　オヤジさん、名前付けやな。

オヤジ　おおそやな。どないしよ。

トンチ　日本人ぽいやつがええな。

ハカセ　何がええ？

ヒノマル　なんでもいいよ。

皆、考えている。

パイコ　……ヒデヨシは？

ハカセ　……微妙やな。あんま呼びたないな。

更に考えている。

トオル　ヒロヒトは？　ヒロヒトはどうや。
ハカセ　いや、もっと微妙やな。
グルメ　ほんなら、トウジョウは？　トウジョウヒデキ！
ハカセ　人の名前から離れへんか？
トンチ　わかった！　チュウコエンコチッセンは？
オヤジ　長いわ！
ブル　……ヒノマルは？　ヒノマルはどうや？
ハカセ　ヒノマル……。

皆、口々に「ヒノマル」と言ってみる。

パイコ　……ええんちゃう？
ハカセ　ヒノマルかぁ……うん、悪ないな。どや？
ヒノマル　だから俺は何でもいいって。

オヤジ　よっしゃ、決まりや。兄ちゃんの名前はヒノマルや。

　玄関の開く音がして「アンニョンハセヨ」と声。

オヤジ　お、ハルさんや。

　ハル、入ってくる。両手の袋の中に大量の煙草とチョコレート、ガムなどが入っている。

ハル　안녕하세요~, 어머 다들 계시네.
（アンニョンハセヨ~、オモ　タデゥル　ゲシネ）

（こんにちは~、あらお揃いで）〔日本語訳〕

オヤジ　儲かってまっか?

ハル　ボチボチでんな~。

ブル　하루씨, 밧토 한곽 줘요.
（ハルシ、バット　ハングァク　ジョヨ）

（ハルさん、バット一箱くれ）

ハル　はいよ~。三十円な。（煙草を手渡す）

ハカセ　저도.

（俺も）

(チョド)

ハル　はい、三十円な。

ハカセ　오늘은 꽤 많네.
(オヌルン　クェ　マンネ)　(今日はずいぶん多いな)

ハル　그래 맞아. 신장개업한 가게가 있었거든.
(クレ　マジャ。シンジャンゲオパン　カゲガ　イッソクコデゥン)　(そうそう。新装開店があったからな)

ブル　景気ええなぁ。

ハル　そうでもないんよ。
最近は同業者が増えてな。

ブル　ホンマか。

ハル　そうやで。かなわんわホンマ。
京橋駅前は、うちの専売やってんで。

オヤジ　뭐, 할수 없지. 이것도 시대의 흐름일지도.
(モォ、ハルス　オプチ。イコット　シデエ　フルミルチド)　(まぁ、しゃあないわな。これも時代の流れか)

パイコ　하루씨, 초콜릿 좀 줘요. 이쁜이도지?　(ハルさん、チョコレート頂戴。イップニもいる?)

イップニ　（ハルシ、チョコリッ　チョム　ジョヨ。
イップニドジ？）

ハル　（頷く）
고마워. 두개에 사십엔이야.
（コマウォ。テゥゲエ　サシベニヤ）
（ありがとな。二つで四十円な）

皆、次々に買っていく。

ハル　어머, 신참?
（オモ、シンチャム？）
（あら、新入り？）

オヤジ　그래 맞아, 오늘부터지. 히노마루라고.
일본인이야.
（クレ　マジャ、オヌルブトジ。ヒノマル
ラゴ。イルボニニヤ）
（そうそう、今日からな。ヒノマルや。日本人や）

ハル　히노마루? 일본인이라니 별일이네.
（ヒノマル？　イルボニニラニ　ビョルリ
リネ）
（ヒノマル？　日本人て珍しいな）

オヤジ　こちらハルさん。
ヒノマル　どうも。
ハル　煙草、チョコレート、ガム、なんでもあんで。
ヒノマル　あ、じゃあ、煙草。
ハル　バットが三十円、しんせいが四十円。
ヒノマル　バットで。
ハル　おおきに。

皆いっぺんに火をつけ、部屋は煙たい……。

オヤジ　ハルさん、飯まだやろ？　トンチャン食っていき。
ハル　いや、アパッチはんたちが出勤する前にグルっと一通り回らんと。
オヤジ　そうか。
ハル　後でまた顔出さしてもらうわ。
オヤジ　おお、そうしい。子供らもみんな連れてきいな、仰山あるで。
ハル　いや、今日はなんや友達んとこ遊びに行ってるわ、鶴橋まで。晩御飯よばれてくるんやて。
オヤジ　三人とも？

ハル　三人とも。今夜は楽さしてもらうわ。
オヤジ　おおそうか。
ハル　ほな、また後で。おおきに〜。

ハル、出ていく。

オヤジ　ハルさんはな、女手一つで三人の子供育ててるんや。
ブル　京橋駅前で、パチンコの景品買いやりながらな。
トンチ　もう何回も捕まってんな。十回は下らんのんちゃう？
オヤジ　煙草、なるべくハルさんから買《こ》うたってな。
ヒノマル　はい。
ブル　ほなそろそろ行こか。
ハカセ　ああそうやな。
ブル　みんな、準備や。

皆、準備を始める。

オヤジ　ヒノマルはん、どれがええ？
ブル　どれでも好きなもん持っていき。
ヒノマル　じゃあ。

ヒノマル、適当に道具を選ぶ。

ハカセ　もしはぐれたら、自力でここまで戻ってくるか、川っぺりで朝まで待つかや。
ブル　はぐれても大声出したらあかんで。草むらにポリが隠れてることもあるからな。
グルメ　相手確認したい時は、声出す前にこうするんや。（舌打ちで小さくチッチッチッチと鼠の真似）
トンチ　ほんで、向こうからも（舌打ち）チッチッチッチと返ってきたら、大丈夫や。仲間の合図や。
ヒノマル　わかった。
オヤジ　もしパクられても、何も言わんと大人しくしとったら一晩か二晩で出てこれる。
トンチ　ま、はぐれんように、ピッタリと付いてくるこっちゃ。
ヒノマル　ああ。
ブル　パイコ、今日はどの辺や？
パイコ　（地図を見ながら）ここや。玉造門《たまつくり》の目の前や。でっかい印立てて来たわ。
グルメ　うわ、遠いな。向こう端や。

ブル　ホンマやろうな。最近全然探されへんぞ。
パイコ　知るかいな。あんたらの根性が足りひんのとちゃうか。
ブル　うるさいわ。
ハカセ　よっしゃ、行くか。
オヤジ　気ぃ付けてな。皆、ヒノマルよう面倒見たってや。

男たち、ドヤドヤと出ていく。
オヤジ、オクサン、パイコ、イップニ、トオルが残る。

オクサン　仕事できそうやな、ヒノマルはん。
オヤジ　おお、即戦力や。
オクサン　修羅場くぐってきた目ぇやで、あれは。
オヤジ　(笑)なんでそう思うねん?
オクサン　なんとなくや。
オヤジ　まあ、わざわざ東京からやもんな。よっぽどのことやで。
オクサン　そうやな。
オヤジ　しかしずいぶん増えたな、部落に人が。

パイコ　新聞に載ったからちゃいますか？
オヤジ　俺な、この仕事もそう長ない思うねん。
オクサン　ホンマ？　なんで？
オヤジ　警察が本腰入れてきよる。
トオル　ここんとこ毎晩や。
オヤジ　そうやろ。
トオル　昨日なんかポリ百人やで。
オクサン　百人？
トオル　よその組、二十人くらいパクられた。
オクサン　あらぁ。
オヤジ　ゴミ拾いくらい大目に見て欲しいわ。
オクサン　ホンマや。
トオル　アボジ。
オヤジ　なんや。
トオル　俺もスクラップ笑うてみたいわ。
オヤジ　なんでや？
トオル　もう大人や。

オヤジ　付いていけんやろ、あいつら化けもんやぞ。
トオル　やってみなわからんやろ。いっつもシケ張りじゃつまらん。
オヤジ　足引っ張るだけやったら意味ないねんぞ。
トオル　わかっとる。
パイコ　(笑)男の子やな。
トオル　うっさいわ。
パイコ　あーこわ。
トオル　なぁオモニ、ええやろ？
オクサン　アボジがええ言うたらな。
トオル　なあ、アボジ。
オヤジ　もう少し体鍛えとき。
パイコ　そうやな、ちょっと頼りないな。
トオル　だからうっさいねん。オッパイお化けが。
パイコ　誰がお化けや。
トオル　鍛えたら笑うてもええか？
オヤジ　おお。三十貫の塊持てるようになったら考えたる。
トオル　わかった。三十貫やな。無茶苦茶鍛えたるわ。

オヤジ　はよシケ張り行ってこい。
トオル　ああ。行ってくるわ。今言うたこと、約束やで。
オヤジ　おう。
オクサン　気ぃ付けてな！

トオル、出ていく。

パイコ　あー、おもろいなトオルは。
オクサン　やってみたいんやなぁ。

ハル、入ってくる。

ハル　まいど。
オヤジ　ハルさん、お疲れさん。食べ食べ。
ハル　おおきに。
オクサン　今日は終い？
ハル　いやいや、食べたら戻る。

オクサン　京橋？
ハル　そうや。夜の部や。
オヤジ　頑張んなぁ。
ハル　閉店際が稼ぎ時やからな。
オクサン　そうなんや。
パイコ　ハルさん、パチンコの景品買いって稼げんの？
ハル　稼げるも何も、これしかできひん。
パイコ　何回も捕まってるんやろ？
ハル　そうやで。二十三回。
オヤジ　二十三回？
ハル　そうやで。もうポリの扱いも慣れたもんや。
パイコ　雨の日も雪の日もやろ？
ハル　そうや。
パイコ　きつない？
ハル　きつくてもしゃあないやん。子供食わせな。
パイコ　母は強しやな。
ハル　そうやでぇ。あんたも親になったらわかるわ。

パイコ　ふうん。ほんなら、うちちょっと出かけてくるわ。ハルさん、夜の部頑張ってな。

ハル　はいはい、ありがとう。

オクサン　どこ行くの？

パイコ　ふふふ。ちょっと。

オクサン　あらなに。

オヤジ　なんやなんや、怪しいなぁ。男か？

パイコ　ふふふ。だから、ちょっと。

オヤジ　男やな。男やな。どこの男や？

オクサン　ちょっと、あんた関係ないやろ。

オヤジ　関係ある。下宿の親父として、パイコのオッパイを守る義務がある。

オクサン　そんな義務あらへん。いいから行っといで。

パイコ　はーい。行ってきまーす。

オクサン　気ぃ付けてな！

パイコ　はーい。

パイコ、出ていく。イップニは部屋の隅で静かにしている。

オクサン　最近、よう出かけてんな。
オヤジ　だから、男やって。
オクサン　まあええやんか。それならそれで。なぁハルさん。
ハル　ん？　そうやな。めでたいことやな。
オヤジ　寂しなるやんけ。男ができるいうことは、こっから出ていくっちゅうことやで。
オクサン　しゃあないやんか。いつまでもここにおるわけいかんやろ。
オヤジ　あーあ、寂しなるわぁ。よいしょ（立ち上がる）じゃあな、ハルさんごゆっくり。
オクサン　なに？　どこ行くん？
オヤジ　一杯引っ掛けてくるわ。
オクサン　はいはい。
オヤジ　ハルさん、ごゆっくりな。
ハル　おおきに。

オヤジ、出ていく。

オクサン　あの人、ホンマに寂しいねんで。
ハル　そうみたいやね。

オクサン　若い頃日本来て、それから一回も帰ってへんやろ。だから、ここにいる人らがあの人にとっての家族なんや。

ハル　いつ来たんやった？　こっちに。

オクサン　一九二九年、もう三十年になるわ。

ハル　解放の時帰ろうと思わんかったん？

オクサン　それも考えたで。あの人とも散々話し合った。しゃぁけどな、けど？

ハル　けど？

オクサン　結局日本に残ること、選んだな。帰っても知り合い誰もおらんねん。親も親戚もみんな死んで、誰もおらんねん。

ハル　そうやなぁ。

オクサン　この辺りの人らもどんどん帰っていって、解放の直後は部落スカスカになってな。

ハル　寂しかったやろ。

オクサン　寂しがってるヒマあるかいな。その隙に増築や。

ハル　なんやて？

オクサン　増築。両隣がおらんくなったからな、ベニヤとトタンでどんどん増築していって、二階も作ってな、それでほら、こんだけ大きい家になったんや。

ハル　(笑) 転んでもただでは起きんな。

オクサン　そうやで、済州島《チェジュド》の女なめたらあかんで。
ハル　知っとるわ。うちも済州島《チェジュド》の女やさかい。

笑いあう二人。

オクサン　そう言えばあんた、聞いた？
ハル　何を？
オクサン　金日成《キムイルソン》の話。
ハル　あー聞いた。在日朝鮮人を受け入れるいう話やろ？
オクサン　そうそう。
ハル　「地上の楽園」やって？
オクサン　そう、それそれ。どない思う？
ハル　どうやろうなぁ。
オクサン　帰国って言われてもピンと来《こ》おへんわな。
ハル　ほんまやなぁ。知らん土地やもんなぁ。
オクサン　地上の楽園なぁ。
ハル　……あるんかね。

オクサン　ん？
ハル　……この世に楽園なんか。

沈黙。二人の話を部屋の隅で聞いているイップニ……。

ハル　もう、十年や。
オクサン　何が？
ハル　子供三人連れてここに来て。
オクサン　……ああ、そうやね。
ハル　必死やったなぁ、この十年。
オクサン　……そうやな。
ハル　最近、よう思い出すねん。あん時のことをな。思い出しとうなくてもな、思い出してしまうんや。
オクサン　……。
ハル　目の前で死んだ旦那のことも、両親のことも、思い出してしまうんよ。
オクサン　……。
イップニ　（耳をふさいでうずくまっている）

オクサン、イップニの様子に気付きハルに目配せする。
オクサン、イップニに優しく近寄り抱きしめる。

オクサン　嫌なこと思い出さしたな。
ハル　イップニ、ごめんな。
イップニ　……。
オクサン　ごめんな。
イップニ　……。
オクサン　大丈夫やで。もう怖いことないからな。
イップニ　……。
オクサン　大丈夫やで……。

オクサン、イップニを抱きしめ頭を撫で続けている……。
虫の音が聞こえている。
突如、けたたましい「ケノムワッター!」の叫び声。

音楽。

人々の逃げ惑う声、照明弾の打ち上がる音。それを追う警官の笛や怒鳴り声。騒然。騒音が遠ざかっていくと、暗闇の中、男たちの激しい息づかいが聞こえてくる。やがて、舌打ちの合図の音が聞こえる。

「チッチチッチ」「チッチッチ」「チチッチチ」等。

やがて、月明かりに照らされた男たちの姿が見えてくる。ブル、トンチ、ハカセ、グルメ、ヒノマル、トオルが地面に転がっている。

数か月後。大阪砲兵工廠跡地。皆囁くような声だ。

ブル　大丈夫か？
ハカセ　ああ。
ブル　ハカセか？
ハカセ　ああ。
ブル　後は？
トンチ　大丈夫だ。トンチ、無事だ。
グルメ　グルメも大丈夫やで。
ブル　ヒノマルは？

ヒノマル　ああ、いるぞ。
ハカセ　トオルは？　トオル？
トオル　はい。います。トオル、います。
ブル　よう付いて来たな。
トオル　はい。
トンチ　デビュー戦でえらい目に合うたな。
グルメ　ホンマやで。過去最大級の大捕り物や。
トオル　もう、手ぇも足もガクガクです。もうなんも持てません。
ブル　(笑)そらしゃあないわ。初めてなんやから。
ヒノマル　しかし凄い人数だったな。
ハカセ　百人超えとったな。
ヒノマル　そんないたか？
ブル　あいつら、本気でアパッチ潰す気や。
トンチ　まだその辺おるぞ。
ハカセ　ああ、下手に動かん方がええ。しばらくここで時間つぶそ。
ブル　ああ、そうしよう。
トンチ　グルメ、ここの土、どうや？

グルメ　ん？
トンチ　ブツ、埋まっとるか？
グルメ　ちょっと待ってな。

グルメ、土を舐めている。

トンチ　どうや？
グルメ　（しばらく舐めている）ああ……埋まっとるな。
トンチ　ホンマか？
グルメ　ああ、仰山埋まっとるで……。
ブル　鉄か？　銅か？
グルメ　いや……。
トンチ　何が埋まっとるん？
グルメ　仰山……死んだ人が埋まっとるで。
一同　……。
トンチ　ホンマか？
グルメ　……ああ。俺の舌に狂いはない。

ハカセ　空襲で死んだ人やろか……。
グルメ　わからんけどな……悲しい味がするわ……。
　一同、無言……。風が吹き抜ける。
ブル　（口に指をあて）シッ！
　緊張が走る。
ハカセ　どうした？
ブル　静かにせえ、誰か来る。
　微かに物音が聞こえる。
ブル　（囁き声）ポリかもしれん。
グルメ　どうする？
ブル　待ってろ。

ブル、物音の方に行き「チッチッチ」と合図。
しばしの間ののち、「チッチッチ」と応答がある。
一同、わずかに緊張がゆるむ。

ブル　(なおも囁き声で) 誰や？

片手に松葉杖、片手にドンゴロスのカカシが現れる。

グルメ　カカシはん！
カカシ　シー、向こうにまだポリおったで。
ハカセ　カカシはん、どないしはったん？
カカシ　いや、俺もアパッチやりたなってん。
グルメ　しゃあけど、危ないで。
トンチ　そうや、なに落ちてるかわからんで。
カカシ　大丈夫や。庭みたいなもんや。
グルメ　そらそやけど……。

カカシ　（ドンゴロス）ほれ、こんだけ拾ったで。ちょっとは足しになるやろ。
一同　……。
カカシ　……ならんか。
ブル　……いや。
グルメ　俺持つわ。
カカシ　ああ（ドンゴロスを手渡す）いつも申し訳なくてな、俺だけ楽さしてもろうて。
トンチ　そんなん、しゃあないわ。
グルメ　そうや、俺ら誰もなんとも思てへんで。なあ。
カカシ　そう言うてくれるけどな、たまにはこうやって、動きたなんねん。みんなに迷惑かけんように単独行動でやるからええやろ？　自己満足や。
ハカセ　まあ、カカシはんが大丈夫や言うんならな。
カカシ　ああ、マイペースでやるわ。

カカシ、その場に座る。皆も座ったり寝ころんだり。

ブル　しかし、毎晩これやったら仕事にならん。
ヒノマル　なあ、素朴な疑問なんだけどな、

ブル　なんや？
ヒノマル　いや、なんで警察はこんなにムキになってんだ？　こんなのただのゴミ拾いだろ。
トンチ　ああ、そこやねん。
ヒノマル　なんでだ？
ハカセ　ここはな、一応国有地いうことになってるんや。
ヒノマル　ああ。
ハカセ　だからメンツがあるわけや、国としての。
ヒノマル　メンツ？　ただそれだけか？
ハカセ　ああそうや。本音言うたら、俺らがスクラップいくら笑うたって、やつら痛くも痒くもないわ。
グルメ　綺麗にしてくれはってありがとな、ってなもんや。な？
ブル　ああ、そうや。俺らは誰にも迷惑かけてへん。これだけは確かや。
トンチ　そうや。戦争終わって十年以上ほったらかしやってんで、ここ。な、カカシはん。
カカシ　ああそうや。手つかずやった。
ブル　俺らは、誰にも迷惑かけてへん。誰も殺してへんし、誰も傷つけてへん。ただ、スクラップ拾てるだけや。
トンチ　もっと悪いことして稼いでる人間、仰山おる。

グルメ　矛盾や、世の中矛盾だらけや。
ハカセ　ああ、そやけど俺らかて矛盾の塊や。
トンチ　なんで俺らが矛盾や？
ハカセ　矛盾やろう。
トンチ　だからなんでや？
ハカセ　日本の植民地にされた側やぞ、俺らは。
トンチ　ああそうや。
ハカセ　その俺らが、俺らを侵略するための武器作っとった工場で、鉄屑拾うて飯食うてる。
グルメ　ホンマや。
ハカセ　日本の軍国主義の象徴や、この場所は。そこを飯のタネにしてる俺らは、なんや？
トンチ　……ホンマや。
ハカセ　朝鮮戦争の時、スクラップの値段が跳ね上がったやろ？
グルメ　ああ。
ハカセ　あん時、喜んで笑うてなかったか？
グルメ　……ああ。
ハカセ　あん時笑うたスクラップな、全部同胞が殺しあう道具になっててんで。
トンチ　……。

ハカセ　これを矛盾やのうて、なんて言う。
トンチ　人間は矛盾の塊や。
ブル　しゃあない。生きていかなあかんのやから。
ハカセ　ああそうや。ただそれだけのことや。
グルメ　ああ。それだけのことや。
トンチ　ああ、そうや。
ヒノマル　……。
ハカセ　なんか言うたらどうや、ヒノマル。
ヒノマル　……。
ハカセ　ヒノマル。
ヒノマル　……。

無言。風の音。ヒノマルは寝っ転がり空を見上げている。

ヒノマル　見ろ。
ハカセ　なんや?
ヒノマル　満月だ。

ハカセ　……ああ。
ヒノマル　綺麗だな。
トオル　……綺麗や。
トンチ　……綺麗や。
グルメ　ああ、綺麗や。

空を見上げている男たち。

ヒノマル　なあ、聞いてもいいか？
ブル　なんや？
ヒノマル　みんなは、どっから来た？
ブル　どういう意味や？
ヒノマル　そのままの意味だ。どっから来た？
ハカセ　哲学か？
ヒノマル　哲学じゃない。もっと具体的な、みんなのルーツを知りたいんだ。
トンチ　なんでそんなこと聞くん？
ヒノマル　朝鮮半島から来たんじゃないんだろ？　なんとかって島から来たんだろ？

一同　……。
ヒノマル　それくらいはなんとなくわかるわ。こんだけ一緒にいたら。
一同　……。
ヒノマル　そして、そのなんとか島でなんかがあって、そんで日本に来たんだろ？
一同　……。
ブル　なんで知りたいんや。
ヒノマル　ただ、知りたいだけだ。
ハカセ　だからなんで？
ヒノマル　みんなのこと、好きになってる俺がいる。だから知りたいと思っただけだ。
ハカセ　……。
ヒノマル　なんとなくだぞ、なんとなく思ったこと言ってもいいか？　ここ何か月かみんなと一緒にいて思ったことだぞ。間違ってたらごめんな。
一同　……。
ヒノマル　みんな、大切な人、亡くしてきたんじゃないのか？

沈黙。

ハカセ　なんでそう思うんや？

ヒノマル　だから、なんとなくだって。俺がそうだから、なんとなくそう思うだけだ。

一同　……。

ヒノマル　俺な、戦災孤児なんよ。戦災孤児ってわかるか？　戦争で家族亡くして独りぼっちになったんよ。終戦の年にな、あ、解放か。解放の年にな、東京大空襲っていうのがあってな、東京が火の海になったんよ。十万人、一晩で十万人が死んだわ。俺そん時十五歳な。家族で真夜中火の海の中逃げてな。俺の目の前で、妹焼け死んだわ。熱風で竜巻ができてな、その竜巻に吸い込まれて、火ぃ付いた妹がクルクル空中を回ってんの。人間の体が宙に浮いてクルクルクルクル。それから親父の頭に焼夷弾が命中してな、一瞬で鼻から上がなくなって、そのまま血ぃ吹き出しながら倒れたわ。夢中で逃げてるうちにおふくろともはぐれて、後からおふくろ探しに戻ったけど見つからん。死体がゴロゴロ転がってんだけどな、真っ黒焦げで男か女かもわからん。それから今日まで、おふくろとは会ってない。きっと死んでる。あの空襲の中で助かった方が奇跡だからな。俺が生きてることが奇跡だからな。生きてるわけがない。おふくろは死んだ。それはわかってる。けどな、死体を見てないんだわ。だからな、心のどこかで、もしかしたら生きてるかもしれないと思ってしまうんだわ。どうしようもなくな、目の端でおふくろのこと、探してしまうんだわ。こんなことなら、おふくろが死ぬところを見てた方が、よっぽど良かったわ。しんどいんだわ。あれからずっと、しんどいんだわ。それから今日までずっと一人で生きてきた。ずっと一人。ずっと……俺は、なんでこんな話をしてるんだ？（笑）訳わからん。

沈黙。

ハカセ　……わかんで、その気持ち。
ヒノマル　そうか？
ハカセ　俺も、生きてるか死んでるかわからん女房探してる。
ブル　……おい。
ハカセ　大丈夫や。
ブル　……。
ハカセ　先に逃げたはずなんや、日本に。船に乗ったはずなんや。でも、おらんねん。大阪で待ち合わせたんやけどな、おらんのや。済州島《チェジュド》の海岸は散々探したんや。海岸の死体の中にはおらんかってん。そやから、きっと日本にいると思っとってん。もう十年、探し続けとる。けど、どこにもおらんねん。
ヒノマル　……何があったんだ？　島で。

口を閉ざす男たち。

ブル　アパッチ部落の人間は全員、済州島《チェジュド》出身者や。チェジュド、日本語やと、済州島《さいしゅうとう》な。

ヒノマル　全員？

ブル　ああ。俺の知ってる限り、全員や。猪飼野に住む朝鮮人も八割がた済州島《チェジュド》の人間や。

ヒノマル　知らなかった。

ブル　そうやろ。皆言わんやろ。よう言わんわ。

ハカセ　……제주 四・三 사건（チェジュ　ササム　サコン）

ヒノマル　……。

ブル　済州《チェジュ》四《よん》・三《さん》事件。知らんやろ？

ヒノマル　ああ、知らん。

ハカセ　知ってるわけない。朝鮮人も知らん。国が全力で隠してる事件や。

ヒノマル　……。

ハカセ　済州島の人間が、無茶苦茶な数、虐殺された。正確な人数はわからん。五万人や言う人もおれば、八万人や言う人もおる。

ヒノマル　八万人……。

ブル　人口三十万の島やぞ。

ヒノマル　……なんで？
ハカセ　朝鮮半島が、南北に分かれてることは知ってるな？
ヒノマル　ああ。
ハカセ　戦争が終わって、日本の三十六年間の植民地統治が終わった思たら、北にはソ連が、南にはアメリカが入り込んだ。
ヒノマル　……。
トンチ　やっと独立やと思った次の瞬間やで。勝手に地面に線引いてな、こっからこっちは入ったらあかんで～って。酷い話やろ？
ハカセ　済州島《チェジュド》は朝鮮の南の端っこやから、アメリカの影響下に入るわけや。
ブル　なんのこっちゃ、ただ日本からアメリカに支配者が変わっただけで独立でもなんでもあらへんやんか。
ハカセ　ほんでアメリカは李承晩《イスンマン》を南の大統領に担いだわけや。
ヒノマル　今の大統領だな。
ハカセ　ああそうや。
ブル　俺たちは、それに反対したんや。
ハカセ　南だけの単独選挙を阻止しようとしたんや。単独選挙を許したら、南北分断を自分らで認めてまうことになるやろ。選挙やるなら、あくまでも統一選挙や言うてな、武器持って立ち上がったんや。

ブル　竹やりとか斧とかな。そんなん持って島じゅうの人が立ち上がったんや。

ヒノマル　……。

ハカセ　その武装蜂起の日が、一九四八年の四月三日や。

ヒノマル　それで、四・三、か。

トンチ　ああ、そういうこっちゃ。

ハカセ　国は、警察と軍と右翼を大量に島に送り込んできた。徹底的な弾圧を加えたんや。

ブル　無茶苦茶やりよった。武器もなんも持ってへん女子供まで殺しまくりよった。

ハカセ　国はな、俺らのことを共産主義者やと決めつけたんや。「アカ狩り」や。でもな、共産主義もなんも俺ら関係あらへん。ただ国が二つに分かれんのを阻止しようとしただけや。

トンチ　ああそうや。ただそれだけや。

ブル　山に火ぃ付けよった。たくさん村があんねんで。じいさんばあさん、ようけおんねんで。島の、ほとんどの村が焼き尽くされた。

ヒノマル　……。

ブル　ヒノマル。

ヒノマル　ん？

ブル　お前の言う通りや。

ヒノマル　……。
ブル　俺らみんな、大切な人、失ってきてん。
ヒノマル　……。
ブル　自分の家に戻ったら、女房と子供が死んどった。まだ三か月の赤ん坊抱いて、二人で死んどった。踏み込まれて、家の奥に逃げようとしたんやろうな、背中何か所も刺されて、前のめりに倒れて死んどった。赤ん坊は、女房の下敷きになって死んどった。
ヒノマル　……。
ブル　結婚して、まだ一年も経たん時のことや。
トンチ　……俺は、オモニに逃がしてもろうたんや。どこで用意したんか、これで日本に逃げろ言うて金渡してくれてな、俺を裏口から逃がしてくれたんや。その直後に家に軍が踏み込んで来たんや。銃声と、オモニの叫び声聞きながら、必死に海に向かって逃げたんや。
ヒノマル　……。
トンチ　海岸には、たっくさんの死体が転がっとった。虐殺の証拠を隠すために、殺した人を海に捨ててるんや。死体は、両手を針金で縛られとるんよ。それがみんな波で打ち上がって、たくさん転がってるんや。もの凄い臭いがすんねん。そこで二晩、密航船が来んのを待っとった。
ヒノマル　……。

グルメ　うちにも、軍が来た。オモニとアボジがうちの外に引きずり出されて近所の人らと一緒に広場に並ばされてるんや、何十人も。俺は妹と、庭の物置に隠れて見とった。並ばされて、それからどうなった思う？　端っこの人から順番に銃で撃っていくんや。順番に倒れていくんよ。俺と妹の目の前で、オモニとアボジが撃たれて倒れた。この世の地獄や。

ヒノマル　……。

グルメ　それからや、あいつが喋れんようになったんは。

ハカセ　そうやったんか。

ヒノマル　……知らなかったのか？

ハカセ　知らんよ。こんな話ようせん。ここらの人間、みんな口閉ざして生きとる。

ヒノマル　……そうか。

ハカセ　ああ。

ヒノマル　……俺もあんな話、初めてしたわ。

ブル　俺とパイコな、偶然同じ船やってん。小さい漁船や。密航やから船底にギュウギュウ詰めで隠れてな。あいつ、船ん中でずっと泣いとった……。日本着くまで、ずっと泣いとった……。内緒やで。

トンチ　ハルさんも、旦那亡くして子供三人連れて、同じ頃に日本に来たんや。

ヒノマル　まったく知らなかった。そんな事件。

ハカセ　そらそうや。この大虐殺を、国は隠しとる。

ブル　済州島《チェジュド》の土の下には、大量の死体が埋まっとる。いや、埋まっとるちゃうな、隠されとるんや。

グルメ　ここと同じや……。

トンチ　歴史はこうやって隠されていく。都合の悪い歴史はな。

ハカセ　でも、あったことをなかったことにはできへん。人間は、それだけはやったらアカン。そうやろ?

一同、無言……。

ヒノマル　トオルんちも事件から逃げてきたのか?

トオル　いや、戦争の前からおる。うちは、四・三事件は知らん。

カカシ　ああ。もう三十年くらい前や、俺も金本家も。その頃はまだ日本の植民地やったから、済州島《チェジュド》の土地半分以上日本人のものになっとってな、米作っても作ってもほとんど取り上げられて、どうにも食えんから、男は皆日本に出稼ぎに来とった。密航ちゃうで、当時は「君が代丸」いうてな、月に二本定期便が出とったんや。それに乗って日本に来て、結局家族も呼び寄せて、そのまま住みついた済州島《チェジュド》の人間が仰山おったんや。

ヒノマル　そうだったのか……。

沈黙。

ブル　……在日は国に帰れ、言う人らおるやろ？

ヒノマル　……。

ブル　でもな、俺ら帰られへんねん。

ヒノマル　……。

ブル　帰ったら処刑されんねん。

ヒノマル　……。

ハカセ　四・三事件は、共産主義者の起こした暴動いうことになってるから。北のスパイや言われて、殺されんねん。

ヒノマル　……。

ブル　俺ら、韓国には居場所がないねん……。

トンチ　島から逃げて日本来て、ここでスクラップ拾うてまた逃げて……逃げ続けや。

ブル　俺らにこれ以上、どこ行けいうんや。

グルメ　……出たる。俺はいつか絶対ここを出たる。

ブル　出てどこ行くんや？
トンチ　俺もや、俺も出たる。
ブル　だから、どこ行くんや？
トンチ　わからん。わからんけど出たる。俺らの自由は、この外にしかない。
ブル　外ってどこや？
グルメ　ここじゃないどこかや。
ブル　ここじゃないどこかってどこや。
グルメ　わからんけど、ある。
トンチ　ある。
ブル　どこや。
グルメ　ある。
トンチ　ある。
ブル　教えてくれ。頼むわ……。
一同　……。
ブル　ホンマ……教えてくれ。

沈黙。風の音。ヒノマルはやはり空を見上げている。

ヒノマル　なあ、
ハカセ　なんや。
ヒノマル　月を見てみろ。
トンチ　ズコーッ!　また月かい!
ヒノマル　あれ見てると、ここからどっかへ行ける気がしないか?
ハカセ　そうか?
ヒノマル　ほらみんな、よく見てみろって。

一同、再び月を見上げている。

グルメ　そうか?
トンチ　そうか?
カカシ　……ホンマや、どっか行けそうや。
トンチ　カカシはん……。
カカシ　行けそうや。

見上げている男たち……。

ヒノマル　なあ、朝鮮語で「満月が綺麗ですね」は？　どう言うんだ？
ハカセ　お前、それ聞いてどないすんねん。
ヒノマル　ただ聞いてるだけだ。
トンチ　どこで使うねん。
ヒノマル　朝鮮語のお勉強だ。どう言うんだ？
ブル　보름달이　아름답네요（ポルムダリ　アルムダムネヨ）
ヒノマル　なに？
グルメ　보름달이　아름답네요（ポルムダリ　アルムダムネヨ）
ヒノマル　ぽるんたり〜あるんたんねよ〜。
ブル　ああ、上出来だ。
ヒノマル　ぽるんたり〜あるんたんねよ〜。

一同、笑う。
月の明かりが男たちを優しく包んでいる。
音楽が入ってくる。

音楽の中、暗闇にハルの姿が浮かぶ。京橋駅前の狭い路地。しゃがみ込み、パチンコの景品買いをしている。男たちが次々に現れ、煙草など、パチンコの景品をハルに渡していく。それと交換に、ハルは現金を数え、男たちに渡していく。客が途切れた時、ハルが何かに気付く。視線の先にパイコが立っている。パイコはハルを見つめている。パイコは化粧をしてめかしこんでいる。パイコの様子がおかしいことに気付き、ハルは立ち上がる。パイコがよろよろとハルの元へと歩いてくる。ハルの目の前まで来たパイコは、その場で泣き崩れる。

数十分後。京橋駅からほど近い、寝屋川にかかる鴫野橋。欄干にパイコが腰を下ろしている。ハルがグラスを二つ持ってやってくる。

ハル　はい。
パイコ　どうしたん、これ。
ハル　焼酎。そこに顔なじみの屋台があるねん。
パイコ　ありがとう。（受け取る）
ハル　飲めるやろ？
パイコ　大好きや。
ハル　（笑）

パイコ　いただきます。
ハル　はいよ。

二人、ちびちびと焼酎を飲む。

ハル　怪しいよな、うちら。
パイコ　なんで？
ハル　こんな時間に、橋の欄干でコップ酒やで。
パイコ　ああ、そうやな。確実に訳ありやな。
ハル　（笑）
パイコ　しかし、きったないな。この川。
ハル　ああ、平野川とええ勝負や。
パイコ　平野川の方がまだマシやわ。
ハル　そうか？
パイコ　こっちの方が臭いわ。
ハル　慣れの問題やわ。平野川には慣れてるんや鼻が。大して変わらんて。
パイコ　ややわぁ、そんなん慣れとうないわ。

微かに笑いあう二人。

パイコ　よう見えるなぁ。
ハル　何が？
パイコ　大阪城や。
ハル　ああホンマやね。
パイコ　ライトアップされるようになったからやな。
ハル　そうやね。

沈黙。

パイコ　ごめんな。
ハル　ええって。
パイコ　……。
ハル　何も言わんでええよ。
パイコ　……。

ハル　わかってるから。
パイコ　え？
ハル　わかってるから。
パイコ　……なんで？
ハル　ちょっと前にな、見てもうたんや。
パイコ　……。
ハル　ジャンジャン横丁で立っとるあんたをな。
パイコ　……。
ハル　この辺り、同業者が増えてな、天王寺のパチンコ屋まで足伸ばしたことあってん。
パイコ　……。
ハル　そん時にな。偶然、あんたを見つけてしもうた。
パイコ　……そうやったん。
ハル　あの辺りは気ぃ付けんとあかんで。
パイコ　なんで？
ハル　飛田があるからな。立ちんぼは嫌がらせされるで。商売敵やから。
パイコ　……。
ハル　うちもやっとってん。

パイコ　え？
ハル　日本来たばっかりの時な。
パイコ　……。
ハル　戦争終わったばっかりで、仕事なんかあらへんもん。
パイコ　……。
ハル　しゃあないやん。
パイコ　……。
ハル　小さい子供、食べさせなあかんし。
パイコ　……。
ハル　しゃあないやん。
パイコ　……。

虫の音が聞こえている。

ハル　アパッチだけじゃあかんか。
パイコ　無理無理。その日暮らしでカツカツや。
ハル　そうか。

パイコ　……うちもおるねん。
ハル　ん？
パイコ　子供。
ハル　ホンマ？
パイコ　済州島《チェジュド》にな、置いてきたんよ。
ハル　……。
パイコ　一緒に船に乗ってこようとしたんやけどな、生まれたばっかりやったし、乗せてもらえんかった。
ハル　……。
パイコ　旦那は軍に殺されてな、南労党のメンバーやったから。ほんでうちも殺されかけてな。
ハル　……。
パイコ　そやから、オモニに子供預けて船に乗ったんや。
ハル　……。
パイコ　ずっと、生きてるか死んでるかもわからんかったんやけどな、
ハル　……。
パイコ　最近、生きてることがわかってん。
ハル　……よかったなぁ。

パイコ　孤児院にいるらしいねん。
ハル　……。
パイコ　会いとうて……たまらんねん。

パイコは泣いている。

ハル　いくつになるん？
パイコ　十一や。
ハル　可愛いやろうな。
パイコ　……迎えに行こう思てんねん。
ハル　……どうやって。
パイコ　……。
ハル　密航船乗るしかないやろ？
パイコ　……そうや。
ハル　捕まったら強制送還やろ。
パイコ　……そうや。
ハル　殺されるかもしれんで。

パイコ　……そうや。
ハル　それでも行きたいんか?
パイコ　……親子は一緒におるべきや。
ハル　……。
パイコ　そうやろ?
ハル　……そうやな。
パイコ　船のブローカーに払う、まとまった金が必要やねん。
ハル　……。

沈黙。ハルは夜空を見上げている。

ハル　봐봐.
(パァバァ)
パイコ　뭐?
(モォ?)
ハル　어머, 아름다운 초승달이야.
(オモ、アルムダウン　チョスンタリヤ)

(見てごらん)
(なに?)
(ほら、綺麗な三日月や)

パイコ　그러네.　（ホンマや）
（クロネ）

ハル　참 밝기도해라.　（よう晴れとるで）
（チャム、バルキドヘラ）

パイコ　済州島《チェジュド》でも見えてるやろうか。あの三日月。

ハル　見えてるで。

パイコ　そうやんな。

ハル　あぁ。

パイコ　……もうすぐ七夕や。

月を見上げている二人。

ハル　あといくら必要なん？

パイコ　……。

ハル　言うてみ。いくら必要なん？

月明かりに照らされている二人……。

アパッチたちの逃げ惑う叫び声が聞こえてくる。それを追う警察の声。日本語と朝鮮語の入り交じった怒号。「ケノムワッター！」の大合唱など。以前にも増して、警察との攻防が激しさを増している。そこに、城東線の電車の走る音が重なってくる。イップニが膝を抱えて座り、夜空を見上げている。今夜は七夕である……。

アパッチ部落近くの平野川の土手。脇には城東線の線路。

逃げてきたヒノマルが駆け込んでくる。地面に転がり込み、ゼエゼエと息を整えている。

ヒノマル　だめだ、もうだめだ……。

イップニ　……。

ヒノマル　（ゼエゼエ言っている）

イップニ　……。

ヒノマル　（イップニに気付く）うおっ！　ビックリしたぁ！

イップニ　……。

ヒノマル　イップニ？　イップニか？

イップニ　……。

ヒノマル　おーびっくりしたぁ。

イップニ　……。
ヒノマル　何してんだ？　一人で。
イップニ　（空を見上げる）
ヒノマル　（つられて見上げ）何？　空見てたのか？
イップニ　（頷く）
ヒノマル　臭いだろ、こんな川っぺりで。
イップニ　……。
ヒノマル　いいのか……気を付けろよ、近頃は物騒だからな。
イップニ　（微かに笑う）

遠くでアパッチと警察の喧騒が聞こえている。

ヒノマル　ポリ五百人規模だ、今夜は。
イップニ　……。
ヒノマル　草むらで待ち伏せしててな、前と後ろから挟み撃ちされてな。
イップニ　……。
ヒノマル　もうみんな散り散りバラバラ。

イップニ　……。
ヒノマル　危なかったんだぜ。線路伝って逃げてきてよ。電車が来たらヤバかった。死ぬとこだった。

イップニは空を見上げている。

イップニ　……。
ヒノマル　(少し離れたところに腰を下ろし、空を見上げる)
イップニ　……。
ヒノマル　今日は、星が綺麗だな。
イップニ　……。
ヒノマル　あ、七日だよな?
イップニ　(頷く)
ヒノマル　七夕だ、今夜は。七夕、わかるか?
イップニ　(頷く)。
ヒノマル　朝鮮にも七夕ってあんのか?
イップニ　(頷く)
ヒノマル　おーそうか。やっぱり短冊に願い事書くのか?

イップニ　（首を振る）
ヒノマル　書かないのか。そうか。
イップニ　……。
ヒノマル　よし、じゃ願い事しようぜ。ちょっと待ってな。

ヒノマル、ポケットから折りたたんだ工廠内の地図を出す。

ヒノマル　じゃーん、工場の地図。

地図を破き始める。

ヒノマル　ちょっと待ってな。短冊作るからな。大きいな、まいいか、ほら。

一枚をイップニに渡す。短冊というより、ただの紙切れである。

ヒノマル　あ、書くもんないな。（ポケット）ないな。イップニ持ってるか？
イップニ　（首を振る）

ヒノマル　困ったな、どうすっか。

イップニ、爪の先で文字を刻みつけるように書き始める。

ヒノマル　なにやってんだ？　爪？　爪で書いてんのか？　書けんのか？（やってみる）おー、書けるな。書くというより……抉《えぐ》るっちゅう感じだな。願い事を、抉って……刻み付けて……。

二人、ひたすら地図の裏に、爪で願い事を刻み付けている。
すぐそばを城東線の電車が走る音がする。

ヒノマル　できたか？
イップニ　（頷く）
ヒノマル　これ叶うのか？……透明の……願い事だ……。
イップニ　……。
ヒノマル　見せっこしようぜ。（手を出す）
イップニ　（首を振る）
ヒノマル　なんだよ、いいじゃねぇかよ。（なおも手を出している）見せっこしようぜ。

イップニ　（渋々短冊を差し出す）

二人、短冊を交換する。

ヒノマル　なんだよハングルかよ。読めねーよ！
イップニ　（ヒノマルの短冊を見て笑っている）
ヒノマル　そうだよ。「ポリ公死ね」だよ。これ何て書いてあんだ？
イップニ　（笑っている）
ヒノマル　（笑）なんだよ。
イップニ　……。
ヒノマル　なぁ、これ、俺もらってもいいか？
イップニ　（首を振り、手を差し出す）
ヒノマル　絶対誰にも見せねぇからさ。
イップニ　（首を振り、手を出している）
ヒノマル　（大声で）あっ！（空を指さす）
イップニ　？（つられて空を見上げる）

その隙にイップニの短冊をポケットにしまうヒノマル。

イップニ　（怒った表情）
ヒノマル　あ、そうだ。
イップニ　？
ヒノマル　何だったっけ？……ぽるんたり〜……あるんたんねよ〜。
イップニ　？
ヒノマル　ぽるんたり〜あるんたんねよ〜。
イップニ　？
ヒノマル　通じてるか？　ぽるんたり〜あるんたんねよ〜。
イップニ　（笑）
ヒノマル　満月が綺麗ですねって言えてるか？
イップニ　（微妙）
ヒノマル　失敗したなぁ、今夜満月じゃねぇし。
イップニ　（笑）
ヒノマル　星バージョンも教わっとくんだったなぁ。七夕だもんなぁ。
イップニ　（笑）。

ヒノマル　こんなロマンチックな感じになるってわかってたらなぁ。
イップニ　（笑）
ヒノマル　星が綺麗だねってどう言うんだ？
イップニ　……。
ヒノマル　あぁ、失敗したわぁ。
イップニ　（口を動かしている）
ヒノマル　ん？
イップニ　（口を動かしている）
ヒノマル　ん？　なんだ？
イップニ　（微かに息の漏れる音がする）
ヒノマル　お、もう一回言ってくれ。
イップニ　（もう一度、囁くように口を動かす）
ヒノマル　びょり？
イップニ　（頷く）
ヒノマル　びょり、なんだ？

城東線を走る電車の音が聞こえてくる。

イップニ　（更に話そうとする）
ヒノマル　お、頑張れ頑張れ。何？　びょり？　びょりえ？
イップニ　별이 예쁘네요　（星が綺麗だね）
　　　　　（ピョリ　イェプネヨ）

イップニの声は、電車の猛烈な警笛にかき消される。その音に振り返る二人。急ブレーキをかける音。線路の軋む轟音。電車がけたたましいブレーキ音と共に……止まった。時が止まる……。
止まった時間の中、人々が現れる。皆、止まった電車を見ている……ただ、見ている……。

数時間後。下宿の一階。
オクサン、トオル、ブル、ハカセ、パイコ、ヒノマル、グルメ、イップニがいる。重たい沈黙……。

オクサン　なんでこんなことに……。
ハカセ　警察のせいや。

オクサン　……何があったんや？　工場ん中で？

トオル　無茶苦茶な数のポリ公が待ち伏せててん。

オクサン　どれくらい？

トオル　わからん。数えきれんくらいや。

ハカセ　今までで一番多かったことだけは確かや。

グルメ　草むらん中に三百人くらいやろか。そんで、川の方からも同じくらいやろうか。気付いたら囲まれとった。

オクサン　ほんでどうなったん？

ブル　わかりませんわ。トンチは自分が囮になろう思て、真っ先に走り出しました。

ハカセ　でも、囮とかそんな作戦通用する人数やあれへん。

ブル　散り散りバラバラですわ。俺とグルメは、大阪城の石垣登って逃げましてん。

ハカセ　俺とトオルは川泳いで。

パイコ　カカシはんは？　船におったんやないの？

ブル　最近は、よう一人で工場の中入っとったらしい。

パイコ　なんで？

グルメ　スクラップ笑うためや。

ハカセ　一回、中で会うたことあったんよ。

ヒノマル　そん時は、俺らに申し訳ないって言ってた。寝てるだけで申し訳ないって。
ハカセ　そんなん思わんでええ言うたんよ。そやけど……。
グルメ　今日も笑うてはったんやろか。

ハル、入ってくる。

ハル　何があってん？
オクサン　今帰り？
ハル　そうや。城東線止まっとって、大騒ぎやったやろ？
オクサン　はねられたんよ。
ハル　誰が？
オクサン　カカシはんと……トンチが……。
ハル　なんやて？　ほんで二人は？
一同　……。
ハカセ　死んだ。
ブル　即死や。
ハル　……なんてこと。

ハルはその場に座り込む。

グルメ　わからん。どうしてもわからん。
ブル　何が?
グルメ　何がどないなって、二人が線路にいたんか。
ハカセ　逃げとったんやろ、ポリから。
グルメ　トンチの足の速さ知っとるでしょ。電車より早いねんで。
ハカセ　……。
グルメ　あいつが、逃げそこのうて電車に跳ねられるなんてどうしても信じられへん。
ヒノマル　……カカシはんを、助けようと思ったんじゃないのか?
ブル　ああ……それはあるな。
グルメ　カカシはん、片足で松葉杖ついて線路入った言うんか?　なんでそんな無謀なこと……。
ブル　わからんよ。可能性の話や。
トオル　なあ。
ブル　なんや?
トオル　変なこと言うてもええか?

ブル　なんや、変なことって。
トオル　飛び込んだいうことはないやろか。
ブル　なんやて?
トオル　電車に飛び込んだいうことは。
ハル　トオル、言うてええことと悪いことがあるよ。
トオル　だから言うたやろ、変なこと言うてええかって。
パイコ　なんで二人で飛び込むん?
トオル　……いや。
ハカセ　飛び込んだカカシはんを、トンチが助けよ思うた言うことか?
トオル　わからんけどな。それなら説明つくやろ。
ブル　なんでカカシはんが飛び込むん?
トオル　……いや。
ブル　なあ、なんでや?
トオル　……どこか……遠くに行くためにや。

沈黙。オヤジが入ってくる。

ブル　オヤジさん。
オヤジ　警察署、ごった返しとった。逮捕者百人超えとるらしい。
グルメ　百人？
オヤジ　ああ。明日デカデカと新聞に載るやろ。
ハカセ　二人が亡くなった状況、わかりました？
オヤジ　ああ。運転士の話、教えてくれたわ。
グルメ　どうでした？
オヤジ　……おぶっとったらしい。
ハカセ　おぶっとった……。
オヤジ　ああ。トンチがカカシはん、おぶっとったらしい。
一同　……。
オヤジ　急に線路に飛び出してきたらしい。すぐ電車に気付いて、背を向けて線路の上走り出したんやて。運転士も急ブレーキしたけど、間に合わんかったらしい。

沈黙。やがてハカセの小さな笑い声が聞こえる。

ハカセ　……電車と、追っかけっこしたんやな。

ブル　逃げきれる思うたんや。
ヒノマル　ああ。
ハカセ　カカシはんおぶっとった分、いつものスピードが出んかったんや。

皆笑いだす。その笑いに涙が加わり、皆泣き笑い。

グルメ　……こっから出たんや。
一同　？
グルメ　二人とも、こっから出たんや。
一同　……。
グルメ　どっか別の場所に、どっかええとこ行ったんや。
一同　……。
グルメ　そうやんな？　なあ、みんな、そうやんな？

沈黙……。オクサンが、ポツリポツリと歌いだす。
済州島民謡の『너영《ノヨン》 나영《ナヨン》（あなたと私と）』（訳詞・李政美《イ・ヂョンミ》）である。

너영 나영 두리 둥실 놀구요
(ノヨン　ナヨン　トゥリドゥンシル　ノルグヨ)
낮이낮이나 밤이밤이나 상사랑 이로구나
(ナジナジナ　パミパミナ　サンサランイログナ)
아침에 우는 새는 배가고파 울구요
(アチメ　ウヌンセヌン　ペガコッパ　ウルグヨ)
저녁에 우는 새는 님이 그리워 운다
(チョニョゲ　ウヌンセヌン　ニミクリウォ　ウンダ)

(ノヨンナヨン仲良く遊ぼう)
(昼も夜もいつも両想い)
(朝鳴く鳥はお腹が空いて鳴き)
(夜鳴く鳥はあなたが恋しくて鳴く)

一人、一人と歌に加わっていく。

ブル　(ヒノマルに) 済州島《チェジュド》の民謡や。

二人への弔いの歌。

너영 나영 두리 둥실 놀구요
(ノヨン　ナヨン　トゥリドゥンシル　ノルグヨ)
낮이낮이나 밤이밤이나 상사랑 이로구나
(ナジナジナ　パミパミナ　サンサランイログナ)

(ノヨンナヨン仲良く遊ぼう)
(昼も夜もいつも両想い)

繰り返しの歌詞を覚え、ヒノマルも一緒に歌っている。皆踊りだす。

저달은 둥근달 산넘어 가는데
(チョダルン　トゥングンダル　サンノモ　カヌンデ)
이몸은 언제면 님 만나 사나
(イモムン　オンジェミョン　ニム　マンナ　サナ)
너영 나영 두리둥실 놀구요
(ノヨン　ナヨン　トゥリドゥンシル　ノルグヨ)
낮이낮이나 밤이밤이나 상사랑 이로구나
(ナジナジナ　パミパミナ　サンサランイログナ)

(まあるい月は山を越えて行くのに)
(この身はいつになればあなたに会える)
(ノヨンナヨン仲良く遊ぼう)
(昼も夜もいつも両想い)

皆、立ち上がって踊り狂っている。

静かに始まった鎮魂の歌は、やがて大きく力強く、人々の生きるエネルギーとなって、アパッチ部落の空に響いていく……。


数か月後。夜。金本家の一階。

遠くで、警官隊とアパッチ族の攻防の喧騒が聞こえている。

ブル、グルメ、ハカセ、ヒノマル、パイコ、トオル、オヤジ、オクサンがいる。イップニの姿が見えない。

酒を飲む者、道具の手入れをする者、ただボーっとしている者……。

ブル　やっとるやっとる。
ハカセ　ああ。
オクサン　もう何日めや？
トオル　一週間や。
ブル　もうあかん。金ない。無理してでもスクラップ笑わんと。
ハカセ　入ったとこで仕事にならん。ポリと追っかけっこしに行くようなもんや。

パイコ　アホや。ポリもアパッチもみーんなアホや。
ブル　なんで？
パイコ　毎晩五百人からのポリがここに集まってるねんで。
ブル　ああ。
パイコ　アパッチにそんな人数割いて、大阪の治安どないなっとんねん。
ブル　ああ、ホンマやな。
ハカセ　入る方も入る方や。毎日何百人もパクられて、留置所入りきらんから、何百人と釈放されて、グルグルグルグル回っとるだけや。
パイコ　もう潮時なんちゃうん。
ブル　簡単に言うな。アパッチやめたら無職やぞ、無職。
ハカセ　無職って、アパッチ職業ちゃうやろ。
ブル　アパッチで食ってるんやから、職業やろう。
ハカセ　アホか、職業ちゃうわ。職業欄にアパッチて書くアホおるか。
ブル　うっさいボケ！
ハカセ　うっさいハゲ！
パイコ　うっさいねん。何でもええわ。
ヒノマル　なぁ……。

ブル　なんや？
ヒノマル　イップニは？
ブル　ん？　あぁ、そう言えばおらんなぁ。どこ行った？
オクサン　また、川っぺりの土手に座っとったで。
ヒノマル　……。
ハカセ　だいぶ落ち込んどるな、二人が死んでから。
パイコ　そうやね。すこーしずつ元気になってきとったのにな。
オクサン　ホンマや。……可哀想にな。
グルメ　……。

沈黙。それまで黙っていたオヤジが口を開く。

オヤジ　みんな、ちょっとええか。
ブル　なんすか？
オヤジ　聞いてくれ。
ハカセ　……なんすか？
オヤジ　金本組……解散するわ。

沈黙。

オヤジ　もう無理や。なんとか続けられんものかと思っとったんやけどな、もう無理や。
ブル　オヤジさん。
オヤジ　これ以上は、お前らを危険な目に合わせる訳にはいかん。
ブル　いや、まだやれますって。しばらくおとなしゅうしといて、ほとぼりが冷めてから復活したらええやないですか。
オヤジ　いや。もう終いや。警察本気や。これまでの鬼ごっことはだいぶ変わってきとる。大村収容所に送られた奴もおるらしいで。お前ら、みんな密航やろ。大村送られたら、強制送還かもしれんやろ……まずいやろ。それは一番、まずいやろ。
一同　……。
オクサン　この人、ずっと悩んどったんや。二人が死んでからな、いつ辞めようかいつ辞めようかって、毎晩話しとったんや。
オヤジ　だいぶこたえてな。二人も死なせてもうて。無理さした俺のせいや思うてな。
ハカセ　そんな……。オヤジさんのせいやないです。
オヤジ　いやいや、金本組の看板掲げてる以上、責任はある。

ハカセ　……。
オヤジ　でもな、辞めたところで食うていけんしな。そう簡単に皆、すぐ次の仕事も見つからんしな。それでズルズル今日までできてもうた。
一同　……。
オヤジ　もちろん、ここにおってくれてかまわん。ここにおって、新しい仕事探したらええ。新しい仕事見つかるまで宿賃もいらん。

沈黙。

トオル　アボジ。
オヤジ　なんや？
トオル　新しい仕事ってなんや？
オヤジ　ん？
トオル　いや、新しい仕事って、例えば何や？
オヤジ　例えば？　そんなもんいくらでもあるやろ。
トオル　言うてみてくれるか？
オヤジ　……。

トオル　いくらでもあるんやったら、言うてみてくれるか？
オヤジ　……。
トオル　俺らがやれる仕事、言うてみてくれるか？
ブル　……どないしてん？　トオル。
パイコ　トオル？
トオル　紙屑拾いのバタ屋、布切れ拾うボロ屋、屑鉄屋、ほんで日雇いのニコヨン、良くてサンダル工場や。
一同　……。
トオル　臭い……汚い……近寄るな……。石投げられて、差別されて。
一同　……。
トオル　俺、もう嫌やねん。ここも、アパッチも、在日も、なんもかんも嫌やねん。
一同　……。
トオル　ここにおったら、アパッチ部落におったら、ここが世界の全部みたいな気になる。そらそやろ、ここしか知らんのやから。ここで生まれて、ここで育ったんやから当たり前や。ずっと、ここが世界の全部やと思っとった。兄貴らとアパッチやって、これで俺も一人前やと思っとった……ちゃうねん……全然ちゃうねん……。前にな、ポリに追っかけられて、城東線の線路に入ったことあってん。そん時な、線路の上から見下ろせたんや、アパッチ部落が。ほんだらな、こーんなに小っさいねん。ここだけ土地が窪んで低うなっとってな、きったないバラック小屋がギュウギュウに密集しとってな、全然他んとことちゃうねん……。そん時に、気付いてもうたんや。それまで世界の全部やと思っとった場所がな、周りの世界から切り取られた、特別な場所やって気付いてもうたんや。世界は、この外にしかないってな、気付いてもうたんや。

沈黙。

トオル　出たいねん、こっから。こっから出て、ここじゃないどっか違うとこに行きたいねん。
オヤジ　ここ出て、どこ行くんや？
トオル　……。
オクサン　どこ行くんや？
トオル　行きたいところがあんねん。
オクサン　だから、どこや？
トオル　……地上の楽園や。

沈黙。虫が鳴いている。

ハカセ　北朝鮮か。

トオル　そうや。

ブル　金日成《キムイルソン》やな。

トオル　そうや。金日成《キムイルソン》が、在日を受け入れる言うたんや。

パイコ　一度行ったら、戻られへんらしいで。

トオル　戻らんでもええやんけ。だって、夢の国やで。住むとこも、食べるもんも、着るもんも、なんも心配いらんねんて。差別もなくってな、学校も、病院もタダなんやて。仕事の心配もせんでええんやて……。

一同　……。

トオル　アボジ。

オヤジ　なんや？

トオル　オモニ。

オクサン　なんや？

トオル　考えてくれへん？

オヤジ　……。

オクサン　……。

トオル　帰国、考えてくれへん？
オクサン　帰国言うても、行ったこともないとこやで。
トオル　そうや。
オヤジ　トオル、よう考えてみろ。
トオル　なんや？
オヤジ　ほんの少し前、そうや、五年か六年前まで戦争しとった国やぞ。
トオル　……。
オヤジ　四百万の同胞が死んだ戦争やぞ。たった五年かそこらで楽園になるか？
トオル　行ってみなわからんやないか。
オヤジ　地上戦で、なんもかんもなくなった戦争やぞ。
トオル　嘘ついてる言うんか？
オヤジ　……。
トオル　金日成《キムイルソン》も、朝鮮総連も、日本政府も、みーんな嘘ついてる言うんか？
オヤジ　……。
トオル　何のためや？　何のために、そんな嘘つく必要あんねん？

思いもよらない話の展開に、戸惑う者たち……。

グルメがポツリと。

グルメ　……見てくるわ。

一同　？

グルメ　先行って、見てくるわ。

パイコ　……なに言うてんの？

グルメ　もう、第一便の募集は終わっとる。トオルはもう無理や。せやから、俺らが先に帰って、向こうの様子手紙に書いて送ったるから。

ブル　俺らって、どういうことや？

グルメ　俺と妹に決まってるやろ。

ハカセ　帰るんか？

グルメ　そうや。第一便で帰る。もう手続き終わっとる。

一同　……。

グルメ　俺らには、もう帰る故郷も、親も親類も、なーんもないねん。もう、あいつと二人っきりやねん。

ハカセ　出発はいつなんや？

グルメ　十二月十四日や。トオル、焦らんでも、この先第二便も、三便も出るらしいで。手紙書くからな。皆にも手紙書くからな。

トオル　……。

グルメ　もうアカン。ここにおったら、アカン。俺らの人生、行き止まりのドン突きや。なんとか、ここから出なあかん。俺はな、妹守らなあかんねん。

土手で一人佇んでいるイップニの姿が見える。

グルメ　あいつ、小さい時はめっちゃ明るい子やっててん。いっつも、周りの大人笑かしとった。ホンマはめっちゃ笑う子なんや。

一同　……。

グルメ　これまでしんどい思いばっかりやったから、なんとかええ思いさせて、あいつの言葉と、笑顔と、取り戻してやりたいねん。そのためには、出やな。こっから出やな……。

城東線の電車が走る音と共に、イップニとヒノマルに明かり。
平野川の土手。

イップニ　（ヒノマルに気付く）

ヒノマル　イップニ。
イップニ　……。
ヒノマル　聞いたぞ。
イップニ　……。
ヒノマル　帰るんだって？
イップニ　……。
ヒノマル　本当に帰んのか？
イップニ　……。
ヒノマル　寂しくなる。
イップニ　……。
ヒノマル　寂しくなるわ。
イップニ　……。

ヒノマル、ポケットからあの日の短冊を取り出す。

イップニ　……。
ヒノマル　これ、俺が持っててていいか？

イップニ　……。
ヒノマル　誰にも見せねぇから。
イップニ　……。
ヒノマル　ほら、イップニの爪の跡、鉛筆でなぞったんだよ。
イップニ　……。
ヒノマル　……持っていいだろ？
イップニ　……。
ヒノマル　イップニの言葉、持ってたいんだよ。
イップニ　……。
ヒノマル　いいだろ？
イップニ　（ポケットからヒノマルの短冊を取り出す）
ヒノマル　おー、それ、ポリ公死ね。持っててくれたのか！
イップニ　（頷く）
ヒノマル　もしよかったら、記念にどうぞ。差し上げます。
イップニ　（微かに微笑む）
ヒノマル　イップニ……。
イップニ　……。

ヒノマル　……もう一回、言ってくれよ。
イップニ　……。
ヒノマル　……星が綺麗だねって、言ってくれよ。
イップニ　……。

空を見上げる二人。

ヒノマル　……なんだよ、曇ってんじゃねぇかよ。
イップニ　……。
ヒノマル　……星が見えねぇよ。
イップニ　……。

星のない空を見上げている二人……。
音楽が入ってきて、暗転。
数か月後。
下宿の一階。ブル、パイコ、ヒノマル、オヤジ、オクサン、トオル。ハカセは大きな荷物を持っている。

オヤジ　寂しなるわ。
ハカセ　オヤジさん、オクサン、お世話になりました。
オヤジ　ホンマ、寂しなるわ。
オクサン　ホンマやな。二人もいっぺんにおらんようになるで。
ハカセ　そうや。ヒノマルも今夜出発やったな?
ヒノマル　ああ。夜行で東京に戻るわ。
ハカセ　気ぃ付けてな。
ヒノマル　ああ、ハカセもな。
ブル　ハカセ、元気でな。
ハカセ　ああ。ブルも。
パイコ　ハカセ〜。
ハカセ　パイコも元気でな。
パイコ　ハカセ〜。
ハカセ　トオル、元気でな。
トオル　ああ。
ハカセ　……元気にしとるんかいのう、グルメとイップニは。

ブル　ホンマやな。もう一か月になるな。
パイコ　……手紙が来うへんな。待ってるのになぁ、トオル。
トオル　……。
オヤジ　ま、便りのないのは良い便り言うからな。

ハル、やってくる。

オクサン　ハルさん。
ハル　もう行くの？
ハカセ　行きますわ。名残惜しいけど。
ハル　はい、これ。（紙袋）
ハカセ　何？
ハル　餞別。
ハカセ　（紙袋を覗く）おぉ、ええの？
ハル　ええよ。これくらいしかできひん。
ブル　何？
ハカセ　煙草や。めっちゃ仰山。

ブル　おぉ、ええなぁ。
ハカセ　いっちゃん嬉しいわこれが。ハルさん、ありがとう。
ハル　寂しなるわ、みーんなこっから出ていって。
ハカセ　また会いに来るわ。
ハル　絶対やで。
ブル　ハカセ、まずどこに向かうんや?
ハカセ　細かくは決めてへんけど、南に向かうつもりや。済州島《チェジュド》に一番近い九州からカミさん探し、始めるわ。日本中歩いて探すつもりや。日本中探して、それでも見つからんかったら……またそん時考えるわ。ま、気持ちの整理つける旅や。
ブル　会えたらええな。
ハカセ　……そうやな。
オヤジ　ここが自分ちやと思ってな、大阪来た時は、顔出し。
ハカセ　はい。
オクサン　ホンマやで、絶対やで。
ハカセ　はい、必ず。
ヒノマル　ハカセ。
ハカセ　なんや。

ヒノマル　俺はきっと、東京のどっかで生きてるから、
ハカセ　ああ。
ヒノマル　東京で会おうな。
ハカセ　ああ、そうやな。会おう。
パイコ　どうやって会うん？　東京のどこおるかわからんのやろ？
ヒノマル　わからんけど、縁があればきっと会える。
ハカセ　ああ、俺もそんな気ぃする。
ヒノマル　ああ。
ハカセ　ほんなら、行くわ！
ブル　気ぃ付けて！
パイコ　さいなら。
オヤジ　そこまで見送るわ。
ハカセ　いや、ええですよ。
オクサン　ええからええから。
ハカセ　（去りながら）いやほんと、恥ずかしいからええですって。
オヤジ　（去りながら）そこまでや、そこまで。
トオル　（去りながら）俺もそこまでや。

ハカセを見送りにオヤジ、オクサン、トオル、ハル出ていく。

部屋には、ブル、パイコ、ヒノマルが残っている。

時間が、一九七〇年代半ばに戻っている。マッコリを飲んでいる三人。夕方になっている。

ブル　みんな、どうしてるかのう。
パイコ　ホンマやな。
ブル　東京で、ハカセには会ったん？
ヒノマル　いや、あれから一度も会ってない。
ブル　そうか。
ヒノマル　ここには？
ブル　いや……。
パイコ　一度出てった人間は、なかなか戻ってこんな。
ヒノマル　オヤジさんたちは、なんで北に帰ったんだ？　トオルが説得したのか？
ブル　俺もようわからん。ある日いきなり、帰国するからこの家好きにせい言うてな。家族三人でどんな話があったんか、まったくわからん。
ヒノマル　……そうか。

ブル　まったくわからんけどな……
ヒノマル　ん?
ブル　みんなが出てって、オヤジさんホンマに落ち込んどった……。
ヒノマル　そうか。
ブル　ああ。家族がバラバラになってもうた言うてな。
パイコ　うち、済州島《チェジュド》に帰ってる時でな、子供連れて戻ってきたら、この人一人暮らししとんねんもん。ビックリしたわ。
ヒノマル　そう!　子供!　連れ子って言ってたな。
パイコ　そうや。済州島《チェジュド》に置いてきた子がおってん。
ヒノマル　そうだったのか。全然知らなかったな。
パイコ　誰にも言うとらんかったもん。よう言わんわ。子供置いて逃げてきたなんて。
ヒノマル　……そうか。
パイコ　ハルさんには言うたことあったんよ……。
ヒノマル　ふうん。
パイコ　ハルさんがな、出してくれてん、
ヒノマル　何を?
パイコ　密航船のお金。ハルさん貯めとったお金全部……。

ヒノマル　ホントかよ？
パイコ　そうや。うち、ハルさんに足向けて寝られへん。
ヒノマル　（笑）そうか。
ブル　仕事は何やっててん？　東京で。
ヒノマル　ずっとゴミ拾いやってたんだよ、あれから。
ブル　ほう。
ヒノマル　紙も、ボロも、鉄屑もな。とにかく拾えるものはなんでもな。
ブル　（笑）なんや、東京でもアパッチやっとったんか。
ヒノマル　そうそう。そんでその後、廃品回収になってな。
パイコ　廃品回収てなんや？
ヒノマル　チリ紙交換。
ブル　おー、チリ紙交換か。
パイコ　ちょっと出世したんやな。
ヒノマル　（笑）いや、出世かどうかわからんけどな。それでそこそこ稼がせてもらって、そんで今はな……リサイクルって聞いたことあるか？
ブル　いやわからん。なんて？
ヒノマル　リサイクル。

ブル　リサイタル？
ヒノマル　リサイクル。
ブル　サイクリング？
ヒノマル　お前、わざと間違えてるだろ！
ブル　すまんすまん。なんや？　リサイクルて。
ヒノマル　最近使われ出した言葉でな、人が使わなくなったもんを再利用するっちゅう意味だ。
ブル　ほう。
ヒノマル　こないだのオイルショックの後、注目され始めてな、なんとかこれを仕事にできないもんかと思ってるとこだ。
ブル　なんや、すっかり実業家やな。
パイコ　ヒノマル、頭良かったんやな。
ヒノマル　いやいや、なんとかならんかなぁと考えてる段階だ。そんなこと考えてたらな、「お？アパッチ族は、リサイクル業者だったんだ」ってことに気付いたわけだ。
パイコ　確かに。
ヒノマル　俺らは、誰も使わなくなったもんを拾って、必要な人に売ってたわけだから、アパッチは世のため人のためになってたんだって。
ブル　ホンマやな。最先端やったんや。

パイコ　ちょっと時代を先取りし過ぎとったんやな。
ヒノマル　（下手な関西弁）そうやねん。十五年早かってん。

笑いあう三人。

ヒノマル　……そんなこと考えてたら、なんだか無性にここに来たくなったと、そういう訳だ。
ブル　そうか。
ヒノマル　……なあ。
ブル　ん？
ヒノマル　結局、あの後グルメから手紙って来たのか？
ブル　あー、そやそや。来た来た。
パイコ　ちょっと待って、取ってくるわ。

パイコは二階へ。

ブル　オヤジさんらが帰ってだいぶ経ってからな、一通だけ来たんや。
ヒノマル　そうか。

ブル　だから、オヤジさんらは読んでへん。もし読んどったらな……。
ヒノマル　ん？　もし読んでたら？

そこにパイコ、ハガキを持って戻ってくる。

パイコ　はいこれ。
ヒノマル　（受け取り）おー全部ひらがなだ「みんなへ。こちらはええとこです。みんなしんせつです。きるものも、たべるものも、みんなただです。おれもいもうともげんきです。こちらのつちは、あのときとおんなじかなしみのあじがします。」……あの時と同じ悲しみの味……。
ブル　覚えとるか？
ヒノマル　……ああ。みんなで月を見た夜に、あいつが言った……。
ブル　そうや。
パイコ　そんでな、これ。

パイコは切手を持っている。

ヒノマル　なにこれ？　切手か？
パイコ　そうや。ハガキに貼ってあった切手や。ハガキのここにな、ほら見て、小さい矢印、書いてあるやろ？
ヒノマル　ん？
パイコ　ほら、ここ。
ヒノマル　ああ、ホントだ。よく見ないとわからないな。
ブル　切手の端がちょっとだけ浮いててな、そこにこの矢印が書いてあってん。せやから、剝がしてみたんよ、そーっとな。
パイコ　それがこれや。裏読んでみ？
ヒノマル　うわ、小さい字だな。ん？「かえってくるな」

一同、無言。

ヒノマル　グルメからのメッセージか。
ブル　そうや。検閲でバレんように、こんなとこに書いてきたんや。
パイコ　こんなん書いたの、バレたら死刑やろ。
ヒノマル　これが、最初で最後か？

ブル　ああ、そうや。
ヒノマル　……。
パイコ　もし、これオヤジさんら読んどったらな……。
ヒノマル　オヤジさんたちから手紙は？
ブル　来てへん。
ヒノマル　……そうか。

なんとも言えない雰囲気。ヒグラシが鳴いている……。

ヒノマル　お、ヒグラシが鳴いた。もう行かないと。
ブル　なんや、帰るんか？
パイコ　泊まっていけへんの？
ヒノマル　ああ、次はもっとゆっくり来るわ。
パイコ　子供らもうすぐ帰って来るから、会っててってよ。
ヒノマル　そうしたいんだけどな、今日は帰るわ。
パイコ　そうなん？
ヒノマル　女房に言わずに来てるからな。

ブル　……そうか。
ヒノマル　まだな、言えてないんだ。
ブル　何を？
ヒノマル　……ここに住んでたことも、お前らと一緒にアパッチやってたことも。
ブル　……そうか。
ヒノマル　いつかきちんと話して、そしたら女房も子供もここに連れてきて、二人に紹介する。
ブル　おお、待っとるで。俺らはずっとここにおるから。
パイコ　そうやで。待っとるで。
ヒノマル　ああ、その時にゆっくり飲もう。
ブル　おお。
パイコ　絶対やで。
ヒノマル　ああ、約束だ。あ……そうだ。
ブル　なんや？

ヒノマル、一片の紙切れを取り出す。それはあの時の短冊……。

ヒノマル　これ、何て書いてある？

ブル　ん？　なんやハングルか？

ヒノマル　そう。俺読めないから。

ブル　きったない字やな。

パイコ　どれ？　ホンマや。子供の字やな。

ヒノマル　何て書いてある？

ブル　사는 곳을 주세요（サヌン ゴスㇽ　ジュセヨ）

ヒノマル　どんな意味だ？

パイコ　生きる、場所を、ください、やな。

ブル　そうやな。

パイコ　なんや、変な言い回しやな。

ヒノマル　……。

ブル　なんや？　これ。

ヒノマル　いや、ちょっとな。

ブル　なんやねん。

ヒノマル　……。

パイコ　ヒノマル？

ヒノマル　……。

ブル　ヒノマル？
ヒノマル　……見つかったんかな。
ブル　どした？
ヒノマル　……いや……なんでもない。
ブル　（笑）なんやねん。
ヒノマル　それじゃ、行くわ。
ブル　おう。またな。
パイコ　元気でな。
ヒノマル　ああ、二人もな！

元気に、音楽。ヒノマル、ブルとハグをする。続いてパイコともハグをする。そして、勢いよく出ていく。ブル、パイコもヒノマルの後を追い、出ていく。三人の声が聞こえてくる。

ブル　また来いや！
ヒノマル　ああ！
パイコ　家族連れてな！
ヒノマル　ああ！

ブル　約束やで！
ヒノマル　ああ！
パイコ　約束やで！
ヒノマル　ああ、約束や！

果たされる約束か、果たされぬ約束か、無人となったかつての下宿屋に、三人の声が響く。
マッコリの瓶だけが、三人の約束を聞いている……。
音楽高まり……暗転。

了

〈特別対談〉西堂行人×シライケイタ

シライケイタ〝演劇人生〟を語る

（二〇一八年十二月二十一日　明治学院大学横浜校舎にて）

西堂行人（以下、西堂）　劇作家・演出家並びに俳優のシライケイタさんです。

シライケイタ（以下、シライ）　こんにちは。（拍手）

西堂　シライさんは今、演劇界でもっとも注目されている旬な劇作家です。桐朋学園芸術短期大学で二年間学ばれた後、専攻科に進んで合計四年間桐朋で学びました。

シライ　中退してるんで……三年間学びました。

西堂　一九九八年に蜷川幸雄《にながわゆきお》さんの『ロミオとジュリエット』で俳優デビューし、その後ずっと俳優を続けてきて、二〇一一年に初めて劇作家になりました。そのあたりのことをおうかがいしたいと思います。ここにいる学生たちは芸術学科の学生で、その中で演劇を志望する人もいれば、音楽や美術、映像を志望する人もいるので、演劇だけに特化せず幅広く芸術と人生について語ってもらえればと思います。それから学生はだいたい十九歳か二十歳くらいです。

シライ　一、二年生？

西堂　その年齢の頃、シライさんがどんなことをやってきたのかも聞かせてもらえればと思います。若い人たちに何かアピールしていただければというのが今回お呼びした主旨です。
今シライさんは大変な売れっ子の劇作家です。今年一年で八本くらい？　十本？

シライ　どうかな、脚本と演出を合わせたらそれくらいになりますかね。

西堂　実は昨日までホテルにこもって映画のシナリオを書いていたそうです。

シライ　今朝出てきました（笑）。

西堂　で、明日は島根に？

シライ　島根にワークショップに行きます。

西堂　日本演出者協会が行なっている「演劇大学」に行かれる前の、たった一日の隙間をついて来てもらいました。

シライ　島根に行く前日で、本当に運良く来ることができました。

西堂　現場の第一線で活躍されている劇作家がいま何を考えているのか、どういう人生を送ってきたのか、実際に自分が表現活動に携わらなくてもいろいろ参考になるのではないかと思って、大学にお招きした次第です。

演劇との出会い

西堂　さっそくですけど、演劇との最初の出会いは何だったんですか？

シライ　僕は子供の頃、今年でいったん閉鎖された青年座劇場に、母親に連れて行かれてよく芝居を観ていました。僕の母親と父親は、中学の同級生で結婚したんですけど、同級生に青年座の俳優になった人がいて、その人の芝居をずっと観に行っていたというのが最初の出会いです。僕が演劇に興味を持ちだしたのは小学校高学年くらいからで、なんとなく舞台はいいなあっていう風に思ってました。高校生になったら一人で芝居を観に行くようになって、俳優になりたいと思って桐朋学園に入ったのが演劇との最初の演劇体験です。その時、父親はちゃんとした大学を出て、朝日新聞の記者をやっていたので猛反対されました。そんなヤクザな稼業につくんじゃないって。高校は都立の青山高校で、みんな六大学に行くような進学校でした。進路相談なんかでも「馬鹿なこと言ってるんじゃない」って先生に怒られました。世の中ってそうなんだ、ちゃんとした大学じゃなきゃだめなんだ、俳優になりたいっていうのはアウトローなんだって、初めて知りました。みなさんくらいの時です、十八、十九歳くらい。大人は本当に反対する、学校も、親も。俳優なんかで飯が食えるわけないだろうって言われて。

みなさんがここに来たのは、創作者になろうと思ってるんですか?

西堂　実際にやってる学生もいますけれども、基本的には研究とか芸術を勉強しようということですね。

シライ　じゃあ親には反対されなかった？　芸術学科に行きたいっていったら。

西堂　男子学生が少ないっていうのを見れば、男の子の親にとってみるとそこは結構クエスチョンかな。女子学生にとってみれば芸術学科に行くっていうのはノーマルな入り方なんですよ。

シライ　なるほど。

西堂　芸術学科自体も幅広くなってきてるし、昔みたいに芸術＝ヤクザっていうようなイメージよりはむしろアーティストとかクリエイターとか……。

シライ 呼び名がね！　アーティストなんて呼ばれたことないからね僕。家から出てけ、勘当だって言われましたもんね、父親に。だから、本当は桐朋学園も行くつもりなかったんですけど、頼むから大学と名のつくところに行ってくれ、学費払うからって言われて、それで入学したのが桐朋学園。

西堂 自分一人で観に行っていた時、どんな舞台を観ていたんですか？

シライ 『ブンナよ、木からおりてこい』が最初に観た舞台ですね。

西堂 青年座ですね。

シライ そう青年座。一人では青年座しか観に行ってないですよ、そこしか知らないから。

西堂 ああそう。珍しいね。

シライ 珍しいんですよ。

西堂 一九八〇年代後半くらい？　じゃあ、野田秀樹とか当時の小劇場は全然観てないんだ。

シライ 観てないです。

西堂 かなり偏った演劇体験……（笑）

シライ かなり偏ってますね。

西堂 いわゆる新劇って呼ばれる舞台しか観ていない。

シライ 新劇の中でも青年座しか観てないです。

西堂 それで大学に入ったのが一九九三年。そこからどういう修行をしたんですか？

シライ　桐朋学園というのは、もともと俳優座養成所が大学になったので、先生たちは基本的には新劇を教える先生たち。（学生たちに）あ、新劇って言ってもわからないよね。

西堂　まあ、多少はわかります。

シライ　ああそうか、西堂先生の授業受けてるんだもんね。そう、新劇を習ってました。その中に先生で来ていたのが蜷川幸雄さん。蜷川さんに「こんなとこやめて俺の芝居に出ろ」って言われて大学をやめたんですよ。桐朋学園は外部出演が禁止だったのでやめざるを得なかったんです。

華やかなデビュー

西堂　じゃあ、蜷川さんに嘱望されていたということ？

シライ　すごくかわいがってもらいました。さいたま芸術劇場のシェイクスピアの第一弾『ロミオとジュリエット』でパリスという、ジュリエットの婚約者の役でデビューさせてもらったんですよ。嘱望されていたといえばそうですね。まだ大学三年生くらいの時で、そこで中退。

西堂　その時のやめる覚悟ってどうでした？

シライ　四年生になってすぐやめたんです。覚悟といっても、学校にあと一年いるより、「世界のニナガワ」と言われる人の芝居で、しかもメインキャストで出ることの希望のほうが大きかったです。みんなに羨ましがられてやめたので。二年間の短大も終了してたし、その時は親も何も言わなかったですね。

西堂　一九九八年にやめてそのあとは？

シライ　ここからが不遇の時代になるわけです。最初は華やかに見えた。だって当時二十一歳でいきなりテレビカメラが何台もまわっている稽古場なわけですよ。とくに蜷川さんがシェイクスピア・シリーズを始めるというので、埼玉（彩の国さいたま芸術劇場）をあげてやってたし、ドキュメンタリー番組の撮影で、毎日、セリフ喋るとカメラが寄ってくるような稽古場で。そんな、ある意味華やかにキャリアをスタートさせたわけですが、『ロミオとジュリエット』が終わってもう一本蜷川さんに呼んでもらいました、第二弾の『十二夜』という作品に。それっきりでした。二回で終わり。三回目はなかった。どれだけ僕が蜷川さんの稽古場に行って使ってくださいって言ってもだめだった。そこからでした。初めての何もない生活。だって仕事なんてあるわけないから、オーディション受けて落ちて、たまに受かっても、舞台は年に一本かな、二十代半ばくらいまで。

西堂　その頃は結局フリーター？

シライ　フリーターというか、工事現場の土方バイト。

西堂　でも演劇をやめようっていう気はなかった？

シライ　まったくなかったです。

西堂　就職しようとは？

シライ　思わない。思ってたら土方バイトやんないですよ。工事現場っていうのは基本的にその日暮らしなので、いきなりオーディションが入っても自由がきいた。体も鍛えられるしで一石二鳥だと思った。だから、俳優のためにやっていたので、やめようとは思わなかったですね。

西堂　劇団をつくる、または劇団に入るって発想はなかったの？

シライ　これはね、今と世の中の状況が違っていて、僕にとって魅力的な劇団がなかった。つまり、劇団と呼ばれるものは、青年座を観て育っていてなんなんですけど、面白くなかったんです、あんまり。演技も良いとは思わなかった。面白いと思うところはユニットだったんです。当時僕は、鐘下辰男《かねしたたつお》さんの演劇企画集団「THE・ガジラ」に出演させてもらっていて、劇団ではなくてユニットで毎回俳優を変えてやっていた。だから入りたいと思う劇団がなかったし、蜷川さんがやっていた若い人たちの集団「ニナガワ・カンパニー」もあったけど、そこの人たちと一緒にやりたいとは思わなかった。蜷川さんは好きだったけど、生意気だったんです僕。本当にとがってた、それで嫌われてたんですよ蜷川組のスタッフに（笑）。僕が三十超えてから教えてもらったんだけどね。群れるのが嫌いだったし、みんなと何かつくるっていうのも嫌いだった。演劇やりたいんだけど群れたくないっていうおかしな感覚でした。一匹狼で俳優として生きるんだって、なんか矛盾してたのかな、二十代。

西堂　でも、シライさんのプロフィールを見ると、出演リストすごいよね、本数は。テレビとかCMとか。

シライ　二十代後半に事務所に入ったんですよ。年に一本くらいでしたけど、地人会とかガジラにも出させてもらった。蜷川さんの芝居に出た時にコマーシャルのキャスティング担当の人が楽屋に訪ねてきて、オーディションだけは受けて、コマーシャルには出させてもらっていた。で、テレビドラマの仕事なんかもやらせてもらって。いっぱいありました、二時間ドラマとか。

西堂　主役クラスはあったの？

シライ　ないですよ。良くて二時間ドラマのゲスト主役と呼ばれるもの。ゲスト主役というのは、その回だけの主役、犯人ですよ。刑事や探偵はだいたいレギュラーでしょ。ずっと同じ人がやっていて、ドラマではその回の犯人はレギュラー以外では一番のポジションなんですよ。そこまでです。だからレギュラーにはなれない。

西堂　それは悪役？

シライ　そんなことないですけど。レギュラーにはなれない準レギュラーの時は、刑事モノだったらいつも刑事部屋にいる刑事みたいな、たまにセリフもあったりとか。

西堂　そういう生活は二十代から三十代？

シライ　三十代前半までですね。二十代は若いサラリーマンの役、若い役、っていうのがあるんですけど、二十代後半になると世の中的には結婚してお父さんになっていく年齢なんです。でも俳優には生活感がないから、お父さん役をやれるのは三十代後半とか、実際の世の中の年齢とずれていて一番仕事がないんですよ、二十代後半から三十代前半は。新入社員でもないし、若いはつらつとしたサラリーマンでもないし、かといって子持ちの家庭人という見た目でもない。みんなそこでやめていく。僕もそうで、本当に仕事がなくなって、コマーシャルなんて爽やかさが売りなのに爽やかさもない。三十くらいになると、なくなってくるんですよ仕事が。

西堂　その頃どうやって生きていこうと思ってました？

シライ　今後どうなっちゃうんだろうって毎日思ってました、工事現場で。青空見ながら。

西堂　ちょうどシライさんの世代は、就職氷河期と言われてましたね。
シライ　そうですねえ、本当にそうだった。
西堂　同世代の方でも、法学部とか経済学部を卒業しても就職が困難だったんじゃないですか？
シライ　ただね、僕がいた都立青山高校というのは、本当に僕以外みんな優秀で、大学に行っても就職できない同級生はいなかったですね。だからなおさら屈辱的でしたね。友達がみんな世の中で活躍してましたから。就職できなくてフラフラしてるのもいなかった。中学の時の友達には、仕事に就けなくてフラフラしている者はいましたけどね。
西堂　二十代後半から三十代前半は、だいたい九〇年代の前半ですか。その頃はコマーシャルやテレビの端役で出ると、そこそこ収入はありました？
シライ　そうなんですよ。それが面白いところで、一年間まったくアルバイトしないで暮らせる年もあったんですよ。例えば、コマーシャル一本で百万円とかもらえた頃でしたからね。いい世の中でした（笑）。今はもう無理らしいですけど。そういうのが何本もポンポンと決まると生活できる。そういう感じで、一年間アルバイトしてない時もあって。でもそれは宝くじと一緒で、当たらなくなった途端に困窮する。それでまた工事現場に戻る。だから、「これで俺はバイト生活から抜け出せる！」って思っても、すぐに逆戻りっていう生活を繰り返してました。精神的に本当にしんどかったですね。
西堂　ある程度自分のなかで、演劇人として、俳優としての目処が立ち始めたのはいくつぐらいの時ですか？

シライ　俳優として目処が立ったことはないです。本当になかったですね。俳優の仕事という意味では、本当に小さな評価だけど少しずつ良い役にキャスティングしていただけるようになってました。「それなりに自分もうまくやれたかな」、「次はもっとステップアップできる！」って自信はついてきて、スキルが身についてきたと思ってました。でも実際には、金銭的な意味での結果が伴わなかったんですよ。そのことのジレンマに十年くらい悩まされました。売れてる俳優と何が違うのか、ずっと自問してました。

劇作家になって

西堂　シライさんは二〇一一年に初めて劇作をされますが、ここで何か新しい転機が訪れたのでしょうか？

シライ　転機というか、このままやっててももう三十五歳になってたんで。もちろん四十超えてても五十超えてても売れていく俳優はいっぱい見てましたけれど、もう結婚してたし、子供もいたし、どこまでギャンブルみたいな生活を続けるのかと。人生って、目をつぶってやるチキンレースみたいだなと思ってた。チキンレースというのは、壁や崖に向ってバイクや車で走っていって、先にブレーキ踏んだほうが負けっていうゲームです。壁にぶつかると危ないからブレーキ踏んで、みんな演劇のレールから降りていくわけですよ。でも僕は、壁がどこにあるのか、崖がどこにあるのか、見えたらブレーキ踏んで止まってしまうから、ずっと目をつぶって走ってたんです。目を開けなければ壁はないと。壁が見えた瞬間にブレーキ踏んでしまうから、俺は目をつぶってどこまでいけるかと走っていたんです。でも、そのまま目をつぶってアクセル全開のチキンレースを四十、五十になっても続けていけるのかと思った時、三十代の半ばに強烈な葛藤があったんですね。それで、酒を飲んだ勢いで「脚本書く」って宣言したのかな。

西堂　何か出会いがあったのですか？

シライ　温泉ドラゴンという劇団と出会いました。それを旗揚げしたのは二人の俳優なんです。僕よりもちょっと後輩で流山児《りゅうざんじ》★事務所という劇団にいた当時三十代前半の阪本篤と筑波竜一が、事務所を辞めて二人で劇団を立ち上げるという話を僕にしてきたんです。それで旗揚げ公演は男の二人芝居をやりたいんだけど、何か良い台本知らないかと聞いてきて。いくつか教えたんですよね。でもなんかピンとこなかったみたいで、自分たちで台本を書くって言ってた。まあ、僕はずっと国語だけは成績が良くて（笑）。小学生の時、作文が世田谷区の文集に載ったりしたんです。それで、「俺おまえらより作文の成績は良かったと思うから、俺に書かせてみない？」って酔った勢いで言っちゃったんですね。たぶん、僕自身も人生変えたいって思ってたんでしょうね。そんな感じで、最初は彼ら二人の一世一代の大勝負に乗っからせてもらった感じですね。二人もよく承諾したなあと思うんですけど、台本を書いたことのない僕に旗揚げ公演の脚本を任せると、その場で決まりました。

西堂　それが第一作？

シライ　第一作。

西堂　それまで大学時代に授業で書いたことはなかったんですか？

シライ　五～十分の短編はありました。
西堂　じゃあ本格的な一～二時間ドラマは初めて？
シライ　初めて。
西堂　それはどこの劇場で？
シライ　ＳＰＡＣＥ雑遊です。でも、演出はその二人がやったので、僕はしてません。台本を書いただけです。
西堂　その時、作家としての手応えは感じましたか？
シライ　えーっとね、封印したい過去になりました（笑）。
西堂　何というタイトル？
シライ　『ＥＳＣＡＰＥ』、逃げる、というタイトルをつけて、ここではない別の場所へ行きたいんだという、今もずっと追いかけているテーマを最初にやったんですよ。彼らが、今いる場所に疑問を持っていて、自分たちの足で進んで行きたいと思った、熱い旗揚げ公演でした。僕は、その思いをすくい上げて、ここではないどこかへ行きたい男たちの話を書いたんです。閉じ込められてしまった男二人の密室劇を書いたんですけど、全然上手く書けてないんですよ。でも何か、次につながるエネルギーはあったと思います。ただ、流山児さんにはボロクソ怒られました。
西堂　それが二〇一一年？　東日本大震災の後？
シライ　いや直前。二〇一〇年かな？

西堂　その後に書いたのが『ＢＩＲＴＨ』ですか？
シライ　『ＥＳＣＡＰＥ』の打ち上げの席で第二回公演も書いてくれ、次は男四人くらい出したい、演出もしてくれと言われて書いたのが『ＢＩＲＴＨ』です。これが僕の初演出です。
西堂　それが二〇一一年ですね。僕はその再演を初めて観た時すごくびっくりしたんです。
シライ　あれは初演の時とまったく違う演出をしました。初演の時は初演出だったので凡庸などこかで観たことのあるような演出になっていて気に入らなくて、二人に再演をやりたいと頼みました。それで、あの冷蔵庫の演出で再演したんです。その再演を観た上野ストアハウスの木村真悟さんがウチでやれって誘ってくれました。それが二〇一三年の再々演です。
西堂　あれがある意味出世作になりました。
シライ　出世作というか、西堂さんをはじめ劇評家の方が見に来てくださったり、韓国公演に行ったり、少し人生が動き出した感じはしましたね。
西堂　『ＢＩＲＴＨ』は二作目ですよね。二、三作目で韓国公演をやるというのはすごい飛躍じゃないですか？
シライ　そうなんだけど、つまり、再々演までやっているので、そこに至るまでに脚本・演出の新作も二本くらいつくっていたので、二作目という感覚ではないですね。その過程で、『ＢＩＲＴＨ』自体がブラッシュアップしていったので。たぶん西堂さんに見ていただいた『ＢＩＲＴＨ』は、すでにブラッシュアップされた段階だったと思います。その前、『ＢＩＲＴＨ』で初演出をした後、温泉ドラゴン第三回公演でも作・演出をしてほしいと頼まれた時、僕は腹をくくりました。二〇一二年かな。その時にメンバーにも言いましたが、僕はこれまで俳優しかやるつもりはなかったし、劇作家になるつもりもなかったので、悪いけど寄り道のつもりだった。演出も頼まれたからやったけど、演出家になるつもりもなかった。ただ、二度作・演出をするってことは、俳優が腰掛けでやっているという言い訳はもうできないし、本気で劇作家、演出家になるつもりでやるぞ、と。だから友達関係ではいられなくなるかもしれないし、厳しくなるぞと。その時に初めてそういう話をしました。

表現者になる覚悟

西堂　友達感覚を断ち切って自立した表現者になろうと覚悟をしたのがその時？

シライ　そうです。二度目に演出をすることになった時です。

西堂　そこから先は結構順調にいきましたか？

シライ　順調じゃないんじゃないですか（笑）。だって、一番しんどかったですもん。アルバイトもしてたし、まず事務所を辞めさせられました。芝居つくる度に事務所の仕事を一ヵ月は休むわけですよ。そしたら社長に、「おまえは何をやりたいんだ。演出家と契約した覚えはない」って言われて。「いやいや僕の人生じゃないですか」と、なんとか説得しようとしたんだけど、「やめたいならやめれば」と言われて、もうテレビはいいやと（笑）。テレビというのは、マネージャーや事務所の営業が第一だから、人の力に頼ってばかりで、自分の人生を思うように生きられないと思ってたんですよね当時。今から衣装合わせに行ってこいとか、しょっちゅうだったんですよ。若い時は芸能界にいるって感じでよかったんだけど、でもだんだん、僕はいつまでこうやって振り回されるんだろうかと。そりゃ、生きるためでもありますけど。でも明日予定空けてオーディション行ってこいとか、そのオーディションの時間が例えば家族との時間だったりしたのかなあと。でも、自分の力で生きていくためには演劇しかないんじゃないかと。だから、一番しんどかったです。もちろん、自分の劇団の仕事でお金なんてほとんど入らないし。

西堂　それが三十代半ばを過ぎてから？　その時はもう結婚してた？

シライ　三十歳で結婚しました。

西堂　奥さんは支えてくれたの？

シライ　いやあ、それがもう大変で（笑）。本当に女房に泣かれました。事務所辞めた時、他の事務所からお誘いが何件かあったんですね。コマーシャルには結構出てたし、売れっ子だけを抱える事務所ばかりじゃないから。細かい仕事を複数こなして成り立っている事務所もたくさんあるんです。そういうところからすると、コマーシャルに出てる俳優っておいしいわけですよ。だから何カ所かから、うちに来ないかって誘われたんですよ。でも、同じことになると思って、断ったんです。それを見てた奥さんが、「なんで断るの？　もう頼むから、いいじゃない、ちょっと信念曲げても。ちょっとでも足しになれば」って言われたんだけど、「すまん。もう嫌なんだ」と。マネージャーなしで自分でやりたいんだ、って言いました。「一年で芽が出なかったらやめる」詐欺みたいなのを更新していって今に至る、みたいな（笑）

西堂　表現をやるというのは、家族との関係は結構大きいよね。まず親との問題、それから結婚した後は奥さんとの問題。そこで自立できるかどうか。蜷川幸雄さんも演出家になるって言った時、奥さんに「私は俳優と結婚したのであって、演出家と結婚したのではない」ときっぱり言われたそうです。

シライ　ああ、同じこと言われてるんだなあ。

西堂　それで蜷川さんは結局、子育てに専念したんですよね。奥さん（真山知子）が女優業で稼いできて、自分は子供を育てると。それが写真家の蜷川実花さんなんですけど。そういうやり方で彼も不遇の時代をしのいできたわけですよ。

シライ　僕の奥さんはダンスの先生なので、毎月キチンと稼いで支えてくれてました。僕もその時は工事現場じゃなくて、掃除屋さんのアルバイトを温泉ドラゴンのメンバーと一緒にやってました。

西堂　そうやって温泉ドラゴンという劇団が立ち上がり、作品が注目されるようになってきたのはここ三、四年？

シライ　ここ三、四年ですよ、本当に。三十代後半からですね。

西堂　だいたい俳優や劇作家も三十五歳までに芽が出ないとやめるんですね。

シライ　やめますよそりゃあ！

西堂　しかも家庭があったらなおさらだよ。「三十五歳定年説」というのを僕は唱えてるんだけど。

シライ　僕、俳優定年したの三十五ですよ。

西堂　そこから奇跡的に飛躍した？

シライ　奇跡的にですねほんとに。いやまあ、ありがたいですよ。でも言ってたんですよ、最初から。つまり、三十五になって新しいこと始める俺らを、周りは斜めに見てるわけですよ。売れない俳優が演出やって、劇団や事務所で活躍できなかった、負け組同士が劇団作ってやってると見られてる。その当時、僕ら世代で活躍している作り手が、たくさんいたんですよ。三十代半ばの。それは知ってたし見てたから、日本の演劇界で名前が挙がる一角に食い込むくらいでなければやってる意味ない。ずーっと言われるぞ、あいつら負け組同士がやってんだって。世界に出て行くつもりでやるぞって。だから友達関係ではいられなくなる、と言ってやっていました。

西堂　同世代って、例えば誰ですか？

シライ　その時たぶん意識していたのは蓬莱竜太《ほうらいりゅうた》さんとか、田村孝裕《たむらたかひろ》さんとか。あの二人は商業演劇書いてたんですよ、自分の劇団飛び越えて。あの二人かなあ、その時は。

西堂　前川知大《まえかわともひろ》さんは？

シライ　前川さんもそうです。

西堂　長塚圭史《ながつかけいし》さんも？

シライ　もちろんそうです。あのへんかなあ。

西堂　で、同世代との付き合いは？

シライ　ないです。まったくないです。

西堂　あえて孤立していた？

シライ　演劇界にいなかったんです、その頃は。テレビのほうが多かったし、演劇は年に一本やってたくらいで、演劇界にまったく縁がなかったんです。流山児★事務所は一回出たくらいで、ほとんど同年代の作品を見てなかったんですよね。それが、初めて台本を書くようになってから観に行くようになった。やっぱり台本なんて書けないわけですよ。一本二本書けても次からは。そこから、みんなどうやって書いてるんだろう、みんなどういうものを作ってるんだろう、同年代の作り手は何を考えているんだろう、どうやって世の中を見てるんだろうって急激に知りたくなって。要はやり始めてからです。

西堂　なるほど。それは結構特異なケースなのかなあ。

シライ　そうかもしれないですね。作・演出家になってる人間は、基本的に最初から……。

西堂　蓬莱さんにしても田村さんにしても前川さんにしても、早くから自分で劇団を作って作・演出をやっていて、徐々に評価が出てきて、七、八年ぐらい経ってやっと出てくる。そういうのとかなり違う経路で始めた。

シライ　全然違いますね。俳優業というのは、基本的に自分にしか興味がないわけです。自分にしかって言うと語弊があるけど、自分と世の中のつながりなんて何も考えてない。演技というか、自分の体で何をやるのか、しか考えてないんですよ。でも彼らは違う。ずーっと二十代から作品を書いて、演出して、世の中に出しているわけですから。自分よりも自分と他者とか、自分と世の中について、ずっと考えている人たちですからね。僕は三十五、六でやり始めたことに強烈な劣等意識があったことも事実です。

西堂　劣等感？

シライ　これから太刀打ちできるのかなあ。今から世の中と自分を考えて間に合うのか、ってずっと思っていたんです。

西堂　なるほど。要するに劇作家と演出をやるということは、客観的に自分を見るということ。他人との関係、社会を見ていく。でも、それまで全然関係なかったんだ。

シライ　関係なかったんです。ただ、世の中のおかしなことに憤ったりはしていました。何にも考えていなかったわけではないけれども。それよりも今の劇作のテーマにもなっている、ここから飛躍したい、これを書いて売れたい、そういうことのほうが切実で、世の中がどうこういうよりもそっちのほうが切実でしたね。

西堂　演劇ってそもそも集団でやるものですよね。集団というのは、他人との関係をいかにわたり合いながら、言葉を紡ぎ出す、社会化された作業ですよね。

シライ　そうですね。

西堂　じゃあ、個人のことしか考えない俳優は、実はそこから取りこぼされた存在なんだ。

演劇人とは

シライ　えーとね……。これも特殊なんですけど、僕はそもそも「演劇人」じゃなかったんですよ、テレビで売れたいと思ってたから。つまり資本の論理の中に組み込まれなきゃいけない。でも演劇人は違いますよ、たぶん。他者との関係を考えることに非常に長けてるといいますか。

西堂　じゃあ温泉ドラゴンという集団と出会い、自分で創作を始め、ようやく一人前になった、演劇人になれたと。

シライ　温泉ドラゴンでも、最初の頃はかなり自分勝手でした。舞台はやってはいたけれど、同じメンバーとやった経験なんてないし、俺の演技はおまえらより上手いと思っていたから、最初の頃は、「なんでできないんだ！」って叱りっぱなしでしたね。建設的に、みんなで同じ方向を見るというより、俺のほうを向け！　という風にやっていた感じがします。

西堂　ものすごく独裁的な演出家……。

シライ　……になりかねなかった。ならなかったのは、そこが僕の集団じゃなかったからです。彼らの集団だったからです。

西堂　客人みたいな意識だった？

シライ　そうです。実際そうなんです。

西堂　大家がいて、自分が客として来て、ちょっと関わるみたいな。

シライ　毎回毎回そうやってやっていました。

西堂　そういう中から住人になったのは、どれくらい経ってからだったの？

シライ　韓国公演の時だから、二〇一三年とか二〇一四年かな。三年くらい経ってました。だんだん取材やインタビューを受ける機会が増えていった時に、僕だけスポットライトが当たるんですよ、作・演出だから。でも、僕はみんなに気を遣うわけです、僕の劇団じゃないから。僕ばっかり注目されるのが悪いなーと思ってた。主宰のシライさんって言われるけど、主宰じゃないんですって言ってた。これを通訳交えて毎回言うのか、韓国でも……。絶対向こうでも僕にインタビュー来るだろうし。そこで二人に、〝メンバーになろうと思うんだけど、おまえらさえよければ〟って言って、向こうも是非と言ってくれてメンバーを名乗るようになりました。

西堂　いろいろな葛藤があった上で、ようやく劇団員も受け入れてくれたわけね。

シライ　まあ一緒にやって行こうと。

西堂　シライさんは結局主宰？　代表なの？　今は。

シライ　今は、肩書きは去年から一応代表って言っています。

西堂　一応代表？

シライ　はい。ずーっと嫌だと固辞してたんです。三権分立をちゃんとやろう、権力の集中はやめようと。台本書いて演出して主宰だなんて言ったら、「俺の劇団」みたいで絶対節操ないって思われるし、乗っ取ったって周りが思うし、だめだめだめって。俺は絶対、一劇団員でいい。作品の責任は作・演出家として負うけれども、代表と主宰者というのは別物で、その下でやっていたい。でも、どうにもならなくなって、逆に誰も責任とらないみたいな劇団になってしまった。いちいち四人集まって細かいところまで決めてた。一応合議制なので。だんだん忙しくなってくるし、「もう、別にいいよ、大事なことは別にして、ケイタさんが決められるものや良いと思ったことはみんな文句言わないからやってよ」って。あー、そうかなーって、とりあえず僕が知らないことはないようにしておこう、という風にしたんです。シライに聞けば、シライがわからないことでも誰に聞けばいいかわかるようにという風に。一応代表という肩書きになっています。

西堂　非常に民主的な集団ですね。

シライ　そうです。超民主的です。

西堂　今時そういうの珍しいね。

シライ　珍しいと思います。

西堂　小劇場は、最初から〝俺が芝居やるから集まれ〟って感じでしょう。

シライ　そうです。作・演出が代表としてね。でもうちは違いますから、成り立ちが。

西堂　やはり他の劇団と違う感じがしますか?

シライ　むちゃくちゃします。だってうちは作家をもう一人入れたんです。僕一人で書くものをやり続けていて集団としての未来はない。僕の才能がなくなったら劇団がなくなるとか、それではダメだろうと。だから僕とまったく違うタイプの作家、原田ゆうを誘った。どうなるかわからないですけど、本当は演出ももう一人入れたいくらいです。

西堂　劇団を持続させたい、展開したいっていう意識が芽生えてるんですか?

シライ　今ですか? ありますね。このメンバーでやっていきたいですね。

西堂　温泉ドラゴンって男っぷりの良い役者がゾロッと揃っていて、今時非常に珍しい男っぽい芝居をやる劇団ですね。

シライ　そうですね。最初がそうでした。ハードボイルドやりたいんだ、って言っていて、そういうのを書いてくれって言われて始まりました。

西堂　そのうえで特色のある俳優が揃っている。今どこでも女優が中心というのが多い。そういう中でちょっと異色というか。

シライ　そうですね。狙ったわけじゃないんですけど、たまたまそうなりました。

西堂　それでここ二、三年の活躍がめざましいわけだけども、何か転回とかありましたか？

シライ　個人的には取り巻く状況がだいぶ変わりました。劇団も変わってきてるけど、なかなか変化に追いつけない。あっという間に状況が変わったので、評価を後から僕たちが追いかけてるみたいな感覚です。シライ個人としても、劇団としても、そういう感覚がここ数年あります。自分たちの実力が先にあって評価されたというよりも、なんかわからないけど評価されてしまって、後から一生懸命追いかけている。やばいやばいって。正直に言うとそんな感覚でしたね、ずっと。

西堂　その頃に演出者協会や日本劇作家協会などの協会に入っていますね。

シライ　劇作家協会には今年入りました。演出者協会は二〇一四年の若手演出家コンクールに出たんです、三十九歳で。周りはみんな二十代の劇団と決勝戦を戦って、四人が決勝に残れた。一次審査、二次審査とあって、自分が若手だと思えば誰でも出られる。僕まだその頃四、五年しかやっていなかったから若手だろと思ってコンクールに出た。で、決勝戦に残ると、自動的に演出者協会に入会になるんですよ。初年度だけ会費免除で。そこで協会員になりました。

西堂　協会に入って、いわゆる演劇界に入った感じ？

シライ　最初はそう思いました。知らない人たち、大人な演劇人がいっぱいいるなあと。

西堂　いわゆる先輩とか経験者とか、名前しか知らない人たちと出会って、そこでまたひとつ抜けた感じがありますか？

シライ　抜けた感じというか、最初戸惑ったのは、なんとなく優勝でもすればいいと、僕が応募したんじゃなくて仲間が応募したんですよ。演出家コンクールだから、俳優やスタッフがついてきてくれないと出られない。で、ケイタさんに賞をとらせたい、こういうのあるよって劇団員が見つけてきて、決勝戦に残れるか残れないかわからないうちから、俳優のスケジュール、スタッフのスケジュールをずーっと確保するんです。そして残れなかったらバラすんですが、残ったら公演を打たなきゃならない。だけど、優勝しないと賞金がないから、ギャラ払えないんです。すごく過酷なコンクールで、それでもみんな出てくれた。優勝したら賞金五十万円からギャラ払えるんだけど、優勝しなかったらギャラ払えない、それでもいいからケイタさん出なよって応募してくれたんです。劇団のみんながそう言ってくれたから頑張って優勝しなきゃって思ったけど、優勝できなかったんだけど、だから協会に入るなんて思ってもなかったわけです。ですから、協会に入って自分が一皮むけたとはまったく思ってないんですけど、コンクールで優秀賞を受賞して観客賞も取ったやつだって、周りの見る目が勝手に変わるんですよ。簡単な言葉で言うと「ちやほや」されるんです。ちやほやされて、居心地が悪かったです。

西堂　ああそう、逆に。

シライ　今までちやほやされたことないので。でも、俺の名前をみんなが知っているっていう環境になったんですね、初めて。

西堂　へえ、そうなんだ。最優秀賞取れなくてもちやほやされるんだ。

シライ　で、だんだんちやほやされることに慣れていくわけなんです。なんか不思議な感覚ですね。こうやって人はちやほやされて、どこに行ってもシライさんって呼ばれて、だんだん偉そうになっていくのかなあなんて、すごく客観的に自分のことを見てました。

西堂　自分の力よりも名前が出てしまったと。

シライ　完全にそうですね、最初は。

西堂　それから三、四年経って、どうですか、今は。溝は埋まりましたか？

シライ　今はね、まだ埋まってないかなあ。やんないといかんぞって感じかなあ。

西堂　そろそろ時間が来たので。シライさんの演劇人生を僕も初めて聞いたんですが、いわゆる学生演劇上がりの、学生で劇団を作って、主宰者が自分の作品を作って世に問うっていうのとずいぶん違う。二十代から三十代の生き方がずいぶん違うなと、改めて思いました。僕がずっと観てきた小劇場は、みんな学生の頃から自分で主宰して自分の作品をやりたいと人を集めてきて、全部責任はとるわけだけれども、違う角度で入ってきたというのがちょっと新鮮でした。同じような体験をしてきた人っていますか？

シライ　近いのは日澤雄介《ひさわゆうすけ》くんかな、彼ももともと俳優で、劇団チョコレートケーキには作・演出がいたけどやめちゃって、しょうがなく古川健《ふるかわたけし》くんが本書いて、日澤くんが演出しだしたっていうのが最初らしいです。

西堂　そうですか。それではここで終わりにしたいと思います。お疲れさまでした。

西堂行人《にしどうこうじん》（演劇評論家、明治学院大学教授）

あとがき

昨年の秋頃、高校時代の部活の先輩と飲んでいる時に、「シライ、戯曲の書籍を出す気はないの？」と言われた。二十五年ほどになる僕の演劇人生の、ほぼすべての作品を見てくれている先輩だ。出す気があるもないも、そんなこと考えたことがないし、出したくて出せるものかどうかもわからない。「俺の幼馴染が、戯曲を扱う論創社っていう出版社にいるんだよ。イッチョって言ってさぁ、マジいい奴だから今度紹介するよ」と言ってくれた。

それから約一週間ほど経ったある日、演劇評論家の西堂行人さんから「シライ君さぁ、そろそろ戯曲集くらい出してもいいんじゃないの？」と言われた。「論創社っていう出版社の森下雄二郎さんっていう人なんだけど、是非紹介するよ」と言ってくださった。

考えたこともなかったことを立て続けに二人から言われ、しかも出版社まで同じ。なんという偶然だろう。しかし紹介してもらうにしても、イッチョさんと森下さん二人同時というわけにいくのだろうか？　編集者が二人なんてことあるのか？　いやいやもし二人が仲悪かったら？　どっちか選べと言われたらどうする？　そこはやっぱり西堂さんに紹介してもらう森下さんか？　いやまてよ、もしかしたら同一人物かもしれないぞ。ミドルネームがイッチョ？　森下イッチョ雄二郎？　イッチョ森下……。まだ出版すると決まったわけでもないのに、一瞬にして僕の頭の中は、あーでもないこーでもないとグルグルになった。

すぐ先輩に連絡をとった。「森下？　森下雄二郎？　あぁそれイッチョの弟だ」「え？　マジすか？」「おぉ、ユージだよ！　三十年くらい会ってないけど昔はよく遊んだよ！」なんてことだろう！　こんなスペシャルな偶然って‼

昨年末、この本の巻末に載っている明治学院大学での西堂さんとの対談の日、西堂さんの計らいもありユージ君がわざわざ会いに来てくれて、初めましての挨拶をした。

そして今年の正月、先輩、イッチョさん、ユージ君、シライ、の四人で新宿三丁目のホルモン焼き屋で、顔合わせを兼ねた新年会をやった。幼馴染と、高校時代の友人と、三十年振りの再会と、思い出話と、これから始まる本作りの話で、笑いの絶えない本当に楽しい僕らのスタートの日になった。新宿三丁目を選んだのは先輩で、なぜならそこは、温泉ドラゴンがかつて主戦場にしていた劇場、SPACE雑遊がある町だから、という粋な計らいによるものだった。

その後も事あるごとに、打ち合わせと称して酒を飲んだ。作者と編集者の関係というより、まるで昔からの友達と飲んでいるみたいな時間だった。仕事終わりの先輩も駆けつけてくれて、あでもないこうでもないとはしゃぎながら持ち寄ったアイデアの数々が、この本には詰まっている。

「全公演のパンフレットの言葉を載せたら面白いんじゃん?」と提案してくれたのは三人のうちの誰だったか。ユージ君が入れてくれた一升瓶、一本一万二千円の「魔王」をしこたま飲んでベロベロだったので覚えていないが、「それいいじゃん!」と盛り上がったことは覚えている。しかし、これが存外に大変だった。比較的新しいものはパソコンの中に残っていたが、初演当時のものは僕の手元にはなく、劇団員や当時の関係者にも頼んで探してもらった。結果として、このアイデアは素晴らしく、苦労して集めてよかった。一見無関係に見えた「BIRTH」と「SCRAP」が、公演パンフレットに寄せた僕の言葉で、確かに繋がっていたことがわかったのだ。

「シライさんの代表作二本立てでいきましょう。」という提案をユージ君にしていただいた時、直感的に「BIRTH」と「SCRAP」を選んだ。他にも好きな作品はあるし、もっと新しいものもあったが、何故かこの二本を選んだ。この二本の作品には物語の上では何の繋がりもないし、書かれた時期もかなり離れている。しかし、この二つの作品は確かに一つの道の上に存在していたのだ。「ＢＩＲＴＨ」が産まれた時から、「ＳＣＲＡＰ」は書かれる運命にあったのだと、公演パンフレットに書いた自分の言葉を並べて読み返した今、強くそう思う。それぞれの作品の成り立ちや、作品に対する僕の思いなどは、ここに書くよりよっぽど当時のパンフレットが雄弁なので、是非ご一読ください。

そして、僕の演劇的な出自や、演劇に対する考え方、俳優から作・演出家になったきっかけなどは西堂さんとの対談に詳しいので、そちらも是非。

僕が、これまでの演劇生活の中で少しずつでも階段を上ってきたとするならば、それはその時々に出会った方々が、強烈に次のステップに引っ張り上げてくださったからだ。すべての出会いに感謝します。すべての方のお名前を記すことは紙面の都合上できませんが、とりわけ大きな感謝を、故村井健さんに捧げます。評論界の異端児、村井さんとの出会いがなければ、そして、周囲が眉をひそめるほどの熱烈なシライ絶賛記事を書きまくってくださらなかったら、絶対に今の僕はありませんでした。ありがとうございました。そして、この本の装丁は、村井さんの忘れ形見である娘さんの村井夕さんにお願いしました。健さんが繋いでくれたご縁で、デザイナーである夕さんは現在、温泉ドラゴンの宣伝広告全般を担ってくれています。あっ、そうだ、忘れちゃいけない。温泉ドラゴンという場所がなければ、そもそも劇作家シライは誕生していませんでした。竜一、篤、いわいのふ、原田、ありがとう！　いやいや、もっと忘れちゃいけない！　家族の理解と支えがなければ、そもそもこの年まで演劇なんて続けてこられませんでした。亜希子ありがとう！　風花、琉乃介、ありがとう！

そして、劇作家としての評価も確立していない一演劇人の書いた作品を出版するために尽力してくださった論創社の森下紀夫社長、イッチョさんこと林威一郎さん、ユージ君こと森下雄二郎さん、ありがとうございました。また、校正の福島啓子さんからは、大変多くの気付きを与えていただきました。ありがとうございました。最後に、論創社と僕を繋いでくださった西堂行人さん、牧小伝太さん、ありがとうございました。心より感謝申し上げます。本当に、本当に、僕は人に恵まれています。

二〇一九年四月

シライケイタ

上演記録

◇上演記録　「ＢＩＲＴＨ」

温泉ドラゴン第二回公演
２０１１年２月22日～27日　ＳＰＡＣＥ雑遊

【キャスト】
ダイゴ　阿川竜一
マモル　にわつとむ
ユウジ　井上幸太郎
オザワ　阪本篤

【スタッフ】
演出：シライケイタ（以下全公演）
照明：野中千絵
音響：益川幸子
美術：安藤秀敏
舞台監督：杣谷昌洋
舞台監督補：本郷剛史
音楽：大平友和
演出助手：堀ノ内啓太
声の出演：桜井昭子
制作・宣伝美術：詩森ろば

温泉ドラゴン第四回公演　「ＢＩＲＴＨ」×「ＥＳＣＡＰＥ」二本立て興業
２０１２年８月15日～26日　Space 早稲田

【キャスト】
ダイゴ　筑波竜一（阿川竜一改め）
マモル　いわいのふ健
ユウジ　井上幸太郎
オザワ　阪本篤

【スタッフ】
照明：奥田賢太
音響：益川幸子
音響操作：常田千春
美術：倉蔵
舞台監督：青木規雄
音楽協力：大平トモカズ
ギター演奏：横内武将
声の出演：桜井昭子
制作・宣伝美術：詩森ろば

ストアハウスコレクション vol.1「日韓演劇週間」参加作品
２０１３年９月11日～16日　上野ストアハウス

【キャスト】
ダイゴ　筑波竜一

マモル　いわいのふ健
ユウジ　白井圭太（シライケイタ）
オザワ　阪本篤
※以降の全公演はこの配役

【スタッフ】
照明：上川真由美
音響：益川幸子
舞台監督：桜井健太郎
美術協力：倉蔵
音楽協力：大平トモカズ
ギター演奏：横内武将
字幕翻訳：金泰賢
制作：木村紀子
プロデューサー：木村真悟

韓国・ソウル公演
２０１４年9月17日〜21日　演友（ヨヌ）小劇場
※キャストは前公演と変わらず

【スタッフ】
照明：上川真由美
音響：益川幸子
舞台監督：青木規雄
字幕翻訳：金泰賢

演出助手・字幕オペレーター：小形知巳
コーディネーター：馬政熙
制作：木村紀子／熊谷有芳
プロデューサー：木村真悟

帰国報告公演（「BIRTH Final」と銘打って公演）
２０１４年10月６日、７日　上野ストアハウス
ソウル公演から、スタッフ・キャスト共に基本的に変わらず。
照明オペレーターとして、宮崎正輝が参加。

韓国三都市ツアー　密陽（ミリャン）、浦項（ポハン）、釜山（プサン）
２０１５年８月４日〜８日
前公演と基本的に変わらず。
音響オペレーターとして、入倉幸司が参加。
字幕オペレーターとして、三井田明日香が参加。

◇上演記録　「ＳＣＲＡＰ」

文化庁委託事業「平成29年度次代の文化を創造する新進芸術家育成事業」
日本の演劇人を育てるプロジェクト　新進演劇人育成公演　劇作家部門
２０１７年７月１日〜17日　Space 早稲田

【キャスト】
ヒノマル　西条義将
ブル　イワヲ
パイコ　月船さらら
オヤジ　栗原茂／流山児祥
オクサン　みょんふぁ
トンチ　伊原農
グルメ　里美和彦
ハカセ　シライケイタ
カカシ　上田和弘
トオル　木暮拓矢
イップニ　佐原由美
ハル　清水直子

【スタッフ】
演出：日澤雄介
美術：佐々木文美
照明：伊藤泰行
音響：佐久間修一

衣装：藤田友
舞台監督：本郷剛史／小川陽子
演出助手：関智恵
舞台監督助手：小林岳郎／橋口佳奈
イラスト：藤原カムイ
宣伝美術：江利山浩二
アシスタントプロデューサー：米山恭子
プロデューサー：流山児祥
制作：日本劇団協議会
主催：文化庁／日本劇団協議会

シライケイタ

劇団温泉ドラゴン代表。桐朋学園芸術短期大学演劇専攻在学中、蜷川幸雄演出の『ロミオとジュリエット』パリス役で俳優デビュー。2011 年より劇作と演出を開始。社会的なテーマを扱うオリジナル作品から、映画や小説の舞台化など幅広い創作活動を展開している。「生と死」や「個と集団」など、人間存在の本質を追求する骨太な作品作りが特徴。

2015 年には韓国ツアーを成功させるなど、活動は国内にとどまらない。

日本演出者協会若手演出家コンクール 2013『山の声』において、優秀賞と観客賞受賞。2015 年温泉ドラゴン韓国ツアー『BIRTH』が密陽（ミリャン）演劇祭において戯曲賞受賞。2018 年『実録・連合赤軍　あさま山荘への道程』（若松プロダクション）、『袴垂れはどこだ』（劇団俳小）の演出において第 25 回読売演劇大賞「杉村春子賞」を受賞。

2018 年度より、セゾン文化財団シニアフェロー。

日本演出者協会常務理事。日韓演劇交流センター理事。日本劇作家協会会員。

◆上演について

収録作品を上演する際には、シライケイタの許諾が必要です。

上演を決定する前に、劇団温泉ドラゴン（onsendragon@gmail.com）にお問い合わせ下さい。

また、無断の変更などが行われた場合は上演をお断りすることがあります。

◉劇中曲一覧

「お母さん」(pp. 89-90)
作詞：田中ナナ／作曲：中田喜直
JASRAC 出 1906070-901

「너영 나영（ノヨン ナヨン）」(pp. 202-204)
済州島民謡／訳詞：李政美

BIRTH × SCRAP

2019年7月1日　初版第一刷印刷
2019年7月6日　初版第一刷発行

著　者——シライケイタ

発行者——森下紀夫

発行所——論創社
〒101-0051　東京都千代田区神田神保町2－23　北井ビル
tel. 03 (3264) 5254　fax. 03 (3264) 5232　web. http://www.ronso.co.jp/
振替口座　00160－1－155266

装丁——windage.　村井　夕
組版——フレックスアート
印刷・製本—中央精版印刷

ISBN978-4-8460-1845-0
©2019 SHIRAI Keita, Printed in Japan
落丁・乱丁本はお取り替えいたします。

論　創　社

K.Nakashima Selection Vol.31 偽義経 冥界に歌う◉中島かずき

日の本が源氏と平氏の勢力で二分されていた時代。奥州の奥華一族に匿われていた牛若をあやまって殺してしまった奥華玄久郎は、父・秀衡と武蔵坊弁慶の思惑から義経を名乗る。謎多き義経の新たな伝説が今、始まる！　本体1800円

サバイバーズ・ギルト&シェイム／もうひとつの地球の歩き方◉鴻上尚史

戦争に翻弄され、辛うじて生き残った人々が〈生き延びてしまった罪と恥〉と向き合いながら、格闘し、笑い飛ばす、抱腹絶倒の爆笑悲劇『サバイバーズ・ギルト＆シェイム』と『もう一つの地球の歩き方』を収録。本体2200円

エフェメラル・エレメンツ／ニッポン・ウォーズ◉川村毅

AIと生命――原発廃炉作業を通じて心を失っていく人間と、感情を持ち始めたロボットの相剋を描くヒューマンドラマ！　演劇史に残るSF傑作『ニッポン・ウォーズ』を同時収録。　本体2200円

theater book 013 父との夏◉高橋いさを

昭和20年5月、二人の少年が青森行きの列車に乗った。愛する国を守るために。父親の語る戦争の思い出を通して家族の再生を描く『父との夏』、いじめをめぐって対立する両親と教師たちの紛争を描く『正太くんの青空』を収める。本体2000円

中島らも戯曲選1 こどもの一生／ベイビーさん◉中島らも

瀬戸内海の小島の精神療法クリニックに集まった5人の男女が治療によって意識がこどもへと戻るなかで起こる恐怖の惨劇『こどもの一生』ほか、『ベイビーさん』を収録。舞台代表作を集めた戯曲選第1弾。　本体1800円

わが闇◉ケラリーノ・サンドロヴィッチ

チェーホフの「三人姉妹」を越える、KERA版「三人姉妹」の誕生！　とある田舎の旧家である柏木家を舞台に、作家で長女の立子、専業主婦の次女・艶子・女優の三女・類子をめぐる三姉妹物語。　本体2000円

相対的浮世絵◉土田英生

大人になった二人と高校生のときに死んだ二人。いつも一緒だった四人は想い出話に花を咲かせようとするが、とても楽しいはずの時間は、どうにも割り切れない小さな気持ちのあいだで揺れ動く。楽しく、そして切ない、珠玉の戯曲集！　本体1900円

好評発売中